... so says a poet

詩人札記

陳銘堯

內在創造論

——詩的・藝術的・生命的

目次

詩人札記（一）

詩是我修煉的副產品，是自然、偶然而又必然的東西。

詩是我的修煉的副產品。寫詩對我來說，漸漸成為一個哲學的工作。當然，我仍然認為詩是藝術，但其工作和精神在於思考。並非只是人間的腦的思考，而是超越的心的思考。是以生命的全感受力，甚至於是不可見的、非邏輯的認識力來型塑一首詩的。因此尋找與之相呼應的語言或意象，都是為了表達一個認知或概念。而這概念是因詩人的靈視或創見而產生的。或許它也可能永遠埋沒吧。我的詩的工作，好像在於尋找這樣的東西。尋找那可能永無機會被發現的東西。雖然有時候某些東西也會自己蹦出來。但是我知道我曾虔誠祈求。

詩人札記（二）

珍視生命的特質，並且從這裡開啟一扇生命之窗。

詩是人性珍貴的標本，應該是因詩人生命特質而產生。艾蜜莉・狄金生（Emily Elizabeth Dickinson）或波特萊爾（Charles Baudelaire）的詩，如果不是由他們生命特質產生，我無法想像他們會寫出甚麼樣的詩來。我也想像著，如果有人模仿他們的語調，甚至於到了神似的地步，就算寫出了表面上極為相似的詩，但那可悲的模仿者的靈魂，將魂歸何處？對讀者來說，或許將極難分辨真貨和假貨，但我終究相信，生命內在的特質，是模仿不來的。因為這樣的思考和反省，使我在寫作上有了一個堅實的心理基礎。如果自己的寫作能從自己真實的生命產生，而且這生命還有一點點閃亮的特質，那麼或許這一切就不會變成笑話。所以詩人應認知生命，並自知其特質。因為這特質是那麼容易在生活中被抹殺或消磨掉，詩人更應該自覺並珍視這可貴的特質，並且從這裡開啟一扇生命之窗。

生命有無限複雜而多變的面向。即虛幻又真實，即執著又善變。即有無限的可能，又有可悲的宿命。生命雜揉了悲哀與美麗，呈現一個不可道的道。是千變萬化的美與悲的炫目的東西。詩是如此難以捕捉，唯一的心法，就是用誠懇的心面對生命的真實，與之共鳴。讓生命的真實來照亮那些不實在或不澄澈的念頭或詩句，同時也證成詩人的生命。在這苦悶的人生裡，我是這樣感到一些些的幸福和心安的。

詩人札記（三）

不斷地尋找意義，不斷地自我革命，就是創造。

我是一個內在不斷改變著的人。毋寧說是我自己在推動著這樣的改變。從某些信仰的極端堅守，到拋掉教條而自由自在，找到一種比較平凡的生活態度，因而也讓信仰再次發生時，有一個全新的可能。此時的思想或宗教上的信仰，好像由自身生命油然而生，而不是外在的強加的教條。因為生命內在的改變，詩也跟著改變了。

因此，對我來說，詩的價值，是內在的價值。這內在的價值，如若沒有辦法適切地用詩或文字表達，就會變得神祕，或只對自己具有意義。而這意義如果沒有重要的革命性的意義，我又何必費心去寫呢？

在生命中，不斷地尋找意義，不斷地自我革命，就是創造。這就是藝術的精神。如果個人生命的思索和革命，也能成為他人共通的路途，而且是全新的境界或方法時，那這時的詩，就有了外在的價值。當然，這有時也得有某種神祕的機緣。我的閱讀也在追求著這樣的機緣。

詩人札記（四）

詩的美學應該是以生命的美學為核心精神，
而不是以別人的或外在的某些形式或技巧為標準。

你知道稚拙的可貴嗎？你能分辨真正的藝術嗎？就想像你在成為真正的大師之前的情況好了。當你試著用所謂成熟的或經過訓練的技巧，想要畫出你心目中因循的美感時，因為受限於美感的成見或他人的標準，你感到無比的緊張，或因無意義而麻木，並因而缺乏完美的自信。那些所謂的美感經驗反而變成了障礙。此時，美的對象的精神，早已蕩然無存了。

相反的，如果想像你是洞窟中的原始人，虔誠地，一心只想把你的美感的對象（可能是牛或馬或鹿——某種狩獵生活的躍動的精神或信仰）再現出來的那種狀態。你沒有進過美術學校，也沒有誰教你怎麼畫，更沒有文明人的繪具和材料，因此你和你的對象之間，是全然沒有文明的美感的干擾和偏見的。此刻，美的對象很自然而純粹地移轉到你的心中和手上來。你的誠摯是不摻雜任何其他念頭的。（或許頂多是多了一點膜拜的情緒）你不知道有什麼比你畫出來的更真實而完美。在你的心目中，那獵物就在岩壁上復活了。而你是完全信服你自己的。

由此看來，我們便能恍然大悟，一幅模仿的或匠氣的畫，是如何遠離了藝術，如何遠離了創造的。詩的創造，是否也是一樣的呢？有技巧也好，沒技巧也好，我們是不能喪失了原創的精神而猶不自知的。詩的美學應該是以生命的美學為核心精神，而不是以別人的或外在的某些形式或技巧為標準。秉持什麼主義或什麼派來創作，是很無聊而危險的。這是我對所謂詩的美學的一點粗淺的認知和自惕。

詩人札記（五）

破壞內容，破壞形式。

不知道為甚麼，我極易感到厭倦。厭倦一切已知的陳腐，厭倦自己的作品，厭倦事物之極限，思想之晦暗，厭倦嘆息的微弱。能把生命的笑容開展的神祕力量，似乎藏在這一切熟知的世界之外，或更深之處。有如一個單獨抗拒邪惡、痛苦、空虛和死亡的孩童，如此弱小但叛逆地用他的生命，用他的惡作劇，從事反抗和破壞。破壞一切的既存，破壞命運的軌道。我不斷地懷疑我的詩、我的存在，懷疑那些平凡或荒誕的語言。而那當中，有多少語言僅僅只是語言而已。

尋覓一個安心信服的信仰，無疑是詩意而困難的。但內在的美的精神勝境，對我來說有時比宗教更能令我感動。這美的精神的超然存在，或許就是我在尋覓的神。是這俗世的慰藉和救贖。這藝術之神，以一種無相的精神體存在著。不被執著的形式所捕捉。音樂、美術以及詩觸動我的，是它的精神及內涵，而非某種固定的形式。固定的形式不但限制了創造力，甚且鈍化了我們的感受力。創造力或美的根源，就是這存乎一心的精神體，是存在於自身生命中的。不是外在的、固定的、別人的標準。如有某些形式的考究，那也只是枝枝節節的修辭或修飾技巧而已。如有某種共通的美感形式，那也只是它正好呼應了內在的精神而已。

美的定義，是只能意會不可言傳的。是藝術家必須自己去創造的。如果有人以為掌握了某些技巧或趣味，就以為掌握了美學，這無疑的是一種偏見，是對創造精神的誤解和扼殺。這樣說並不是要否定技術的重要性。畢竟藝術還是得給做出來才行。但是藝術家對創作的精神必須要有清楚的自覺。生命的意義，需要不斷地創造，或不斷地發現。真正的藝術家，通常能夠掌握他所需要的技巧，而且日日精進。我的厭倦通常是因為精神的困頓。當然有時也會厭倦重複的文字或形式。但這是比較容易處理的。

詩人札記（六）

藝術品應當是活生生的東西，且住居著創作者的靈魂。

法國畫家米勒（J.F. MILLET, 1814-1875）一生的畫作，大約只有八十幅。他的名作「播種者」、「拾穗」、「晚鐘」尤為大眾所喜愛。他的畫在平凡寫實的題材中展現一種寧靜而偉大的精神力量。他在貧困的生活中，放棄討好市場的唯美裸體畫，堅持走自己的路，終於成就了偉大的藝術。可以說是藝術和生命的實踐者。他大部份的作品，都在描繪著農民的勞動和生活。有人從他的畫裡面看到田園之美，有人看到宗教性，有人看到寫實性，有人看見畫家的憂鬱，有人看到勞苦人生中呈現出莊嚴，有人更曲解為勞動階級的鬥爭說「播種者」的姿勢，有如拋擲手榴彈。但這完全不合米勒的性格和思想而為他所否定，但或許也預示了社會主義的問題。我認為米勒的畫，呈現了他的生命、信仰以及個人特質。一切都完整地統合在他的畫作裡，和生命一樣，是不可分割的整體。有時我們欣賞藝術品，猶如解剖一具屍體般來詮釋作品，總覺得像瞎子摸象。藝術品應當是活生生的東西，且住居著作家的靈魂。即使經過百年千年，仍然是活生生的。對我來說，我面對著的是作家不朽的靈魂，而非作品（物品）。

米勒所畫的農民，通常都埋首在工作中。看來平庸的臉孔，即不優雅，也沒有個性，而且都模糊地半藏在陰影中，沒有顯露任何個性和情緒。在這些人物木然的工作中，好像隱含著默默的思索。（我們在機械似的工作中，不也常默默地想著一些事嗎？）我們也知道米勒並非在描寫某個特定的人，而是在描繪著一個普遍性的共同命運的人類。他或許在表達一種人道關懷。他所追求的不是外在的色相之美，而是高度思想性的內涵。有人曾批評他的一幅「播種者」（他畫了好幾幅）在技巧上的缺失，他也謙虛地承認了。但我認為，果真照那批評者的建議去修改，必定反而要減損某種力量和精神上的一致。

在他的農民畫中，畫家好像重覆在問著同一個問題：「這勞苦的生命的存在意義到底為何？」他彷彿不斷地問著自己，也問著上帝。他可能有答案，也可能不是很確定。但從他畫中達到的和諧和寧靜來看，他有堅定不移的信念。這信念是怎麼樣的信念呢？我想這正是畫家試圖藉他的畫來表達的。即使我不是教徒，但從「晚鐘」得到很多啟示，受到很強烈的宗教的感動。

只佔畫面三分之一的天空，顯然是落日餘暉的天空。對比沉黯的田野和人物，暗示一種光明，卻是含有悲意的瞬將消逝的光明。遙遠的地平線那邊有小小的模糊的教堂鐘塔凸出於天空，而低首合掌祈禱的年輕農民夫婦暗示呼應遠方教堂傳出的鐘聲。這時，天、地、人處在一種寧靜而安詳的氣氛中，統一在不能畫出的鐘聲的莊嚴浩瀚及詩意的隱喻中。農民顯然不是富裕的，但由於兩人共同的信仰，或許是蒙受著祝福的。其虔誠的祈禱姿勢，顯示一種謙卑的美德和力量。又感到是一種人類的宿命，像負了軛的牛一般被馴服了。他們將向天父做什麼樣的禱告呢？我想天父要是看到、聽到他們的祈禱，一定也要大大地受到感動吧。

這一男一女，是某種形式的亞當和夏娃，在被從伊甸園放逐出來的人類命運的象徵性來說，超越了基督教神話的宗教隱喻，而成為人類存在意義的思索。我們看畫的人，有什麼樣的思考和答案呢？我想米勒是有答案的。他用一生的信仰的堅持和他的藝術來證明了。用那看不見的鐘聲傳遞了他的悟解。而我永遠感到那鐘聲的浩瀚和神祕，以致於陷入無垠的思索和想像。或許每個人會聽到不同的鐘聲吧。米勒的畫和他的一生，「超凡入聖」四個字，是最貼切的形容。對於許多不知要畫什麼而走入病態美學或標新立異的死胡同的現代藝術家，應當回過頭來看看米勒。看看這位有著善良、正直、純樸、憂鬱的靈魂的畫家，能給我們藝術上及人生上怎麼樣的啟示。下面是他說過的幾段話：

「美術的使命是愛的使命，不是憎恨的使命。美術在描寫窮人的痛苦時，絕不以刺激對富裕階級的嫉妒為目的。」

「根本無法想到這些看來似乎被自己束縛的人，會想到變為自己以外的別人。」

「大家應該努力追求工作上的進步。這也是我唯一要走的路，其餘都是夢想與臆測。」

「我討厭戲劇，男女演員的誇張，虛偽與造作的笑容，令人厭惡。後來我雖然曾經與他們這種特殊世界的人稍有來往，結果使我相信，他們為了扮演自己以外的角色，往往喪失了自我意識，只能說些所扮角色的臺詞，最後連真實的、常識的與造形美術的單純感情也喪失殆盡。假如想要創造純粹又自然的藝術就必須遠離戲劇。」

「將我安立在上面的是那憂鬱的礎石。」

詩人札記（七）

詩人作為「存在藝術家」的永恆的迷惑。

奇異的領悟，使我相信，人不是真正的存在。所以他才會永遠感到虛幻。而且終其一生，如果企圖尋求，終將庸人自擾，煩惱不已，且墮入無底的失落。

如果能知道（僅僅知道，或甚至僅僅感覺到，或者更謙遜地，僅僅能想像到）那「真正的存在」是什麼，至少也使人能夠知道自己的虛無，而安命於真如。

那答案難道不在自己身上嗎？或者至少也設法瞭解不在自己身上，而知道向外尋求，以免迷失於自我的虛無中。

用什麼樣的感官，什麼樣的方法，什麼樣的知識，可以追尋這個「真正的存在」呢？這個存在是如何可能被認知的呢？有沒有什麼人看到或想到呢？

或者，像谷之於山，藉著虛無的存在而證成了「真正的存在」。或藉著「真正的存在」而證成了虛無的存在。或如光之於影，即相生又相剋。或如因物生影，此有故彼有，彼有故此有。

追尋著「真正的存在」的虛幻，時時讓我陷入詩的耽溺或著魔狀態（OBSSED & OBSESSION）。那些情感、意識、思想和命運，到底是沾染於存在上的紅塵，或是構成那存在的成分？或只是影之於物或光之於影？

詩人是否就是那用生命和詩去證成那「真正的存在」的虛無呢？我如此認知了詩人作為「存在藝術家」的永恆的迷惑。

詩人札記（八）

超現實主義運動有勇猛的拓荒精神，但對潛意識世界只是出於臆想。

超現實主義運動核心人物布賀東（Andre Breton）受佛洛依德學說的影響，在一九二四年發表「超現實主義宣言」主張依心靈自發性，排除任何思想、意識、審美觀、道德規範、邏輯等的拘束來創作，以表現人的內在真實。造成藝術界的新風潮，而有了所謂的「超現實主義運動」。

就藝術原創精神來說，這是一個可貴的自覺。如果追求的方法正確的話，也極有可能獲得更大的成就。但是它卻有三個問題。第一，我認為是宿命的矛盾。宣言中排除任何拘束的主張，正好是「以子之矛攻子之盾若何？」的問題。是不是自己的主張也是應該予以排除的限制呢？第二，雖然要發掘及表達潛意識的新領域以及所謂的內在真實是正確的方向，但他們所用的方法是膚淺的、表面的，根本沒辦法進入他們所想追求的潛意識領域。所以除了真正能接觸該領域，或天生具有該特質的藝術家之外，很多作品也就停留在拼拼湊湊、怪誕的表相上。而對鑑賞者來說，即使能看到真正的超現實作品，想要了解作者所呈現的極端個人而私密的領域，恐怕比作者自己的了解更加困難。這是第三個問題，是有關傳達或溝通的問題。

藝術鑑賞有許多複雜的層面。我也不想為它設定另一個框框。第一個問題，是邏輯上自明的。為了更大的目標，暫時拋開邏輯的不周延也許還說得過去。在此不擬討論。第三個問題，事實上是所有藝術品共同的問題，只是「超現實主義」更為困難而已。現在也不想多加討論。我比較想聚焦來討論第二點，也就是方法上、實踐上的問題。

排除意識、思想、審美觀、道德規範等，其實都還是意識層面的清醒的作為。而所謂無意識的或自動性的書寫，也不是潛意識的作用，也不能使潛意識浮現。是達不到潛意識領域的。所以，當初佛洛依德就不贊同用這樣的方法來處理文學或藝術。因為他知道即使藝術家能真正探觸到自己的潛意識，那也只是一個原始的素材而已，這些素材，還需要經過理智的處理和組織，才成為作品，才能被理解。不管怎麼說，「超現實主義」者自動書寫的方法既到不了潛意識領域，其排除理智的主張，也沒有真正的實踐。因為事實上所有的作品，仍是在清醒理性的狀態下創造出來的。從這裏，大家就可以看到它嚴重的矛盾性。況且，為了打破限制而打破，精神雖然可嘉，但恐怕並不能因此而增益其作品的感染力和表達力。對內在真實的追求，也沒有可靠的方法和建設性。我是比較認同佛洛依德的。

因此，我認為「超現實主義」應該是探索的起點而非結論。它有勇猛的原創精神，並且有廣大的未知的新領域可供探求。雖然實驗性很高，卻有無限的可能。可惜因為上述的問題無法有更大的突破。

一九六九年由讓・許斯特（Jean Schuster）發表最後宣言「第四章」宣告結束「超現實主義運動」，或許是必然的結果吧。相對於它轟轟烈烈的開始，還要用宣言的方式予以結束，是何等的諷刺。事實上，我認為「超現實主義」的方法或許應該改進或修正，對於追求超現實創作領域的精神和方向，卻不該結束。因為這個領域還有無限開發的可能。問題在於如何進入潛意識，並如何得以理智清醒地處理和表達。當初的藝術家沒有聽佛洛依德的意見，或許也難怪。因為在當時，這是一個新的發現，沒有多少人懂。

現在也一樣，一般人對精神分析和潛意識的了解，僅止於由閱讀或聽聞而得，並非親身體驗。而精神分析師雖能藉催眠而旁觀、分析患者的潛意識，但那只是旁觀，而且有很大的猜想和臆測的成分。人的生命像一座龐大的迷宮，而且是黑暗的迷宮。要捕捉到潛意識並對照生命中的種種糾結，進而了解其真實涵意是很困難的。

更且，西方傳統的精神分析師都認為要自我催眠、自我做精神分析是不可能的。原因是人如果在清醒狀態，潛意識就無法浮現。而一旦進入睡眠狀態，潛意識會浮現，但人無法覺察。而且在醒後也大多會被遺忘而回到潛意識底層蟄藏起來。即使有人偶爾記得少數夢境，也多半是零零碎碎而且荒誕不經，無法了解其隱含的重要訊息和意義。所以古時候，甚至現代，解夢還常是巫師和薩滿的領域呢。

我相信布賀東在探索過程一定也曾為此而困擾著。所以他在第二次宣言就特別強調，重要的是內部真實，而非那些藝術的技法。從他一本現身說法的實驗性質濃厚的中篇小說《娜嘉》*Naja*，我無法看到真正的潛意識作用和意義被表達出來。看起來頂多是類似「意識流」小說的做法。若說創舉，也只不過是實驗性地以一些照片來代替敘述。當時評論界毀譽參半，一般讀者則很難欣賞其「奧妙」。但是使我感到興趣的是，在書中他寫到一個真實的人物（有照片為證。看起來像醉貓），被稱為「睡眠時期」的侯伯・德斯諾斯（Robert Desnos）。這個人可以一面「睡著」，一面說話或書寫。「而且常常有全然的清澈」，「呈現不同凡響的規模」。「並曾見過他毫不遲疑在紙上以電光火石的速度運筆寫出那些驚人的、詩的方程式」。對這個現象，布賀東又寫到他認知到「它所具有的絕對權威的價值」。

很可惜，我沒有看到布賀東集中精神在這個人身上所顯現的可能性和啟發性上去加以探索。否則他可能會因此而得到重大的突破。一個能半醒半睡而探觸潛意識並進而創作的人，就應該是超現實主義所要追求的目標和方法了。也或許這只是布賀東誇張的想像。事實上，後來侯伯・德斯諾斯的詩和藝術並沒有獲得很大的發展。

既然超現實主義無法依其宣言所說的自動書寫或無邏輯的拼湊進入他要追求的「內部真實」，那鑑賞者及評論者就更不能憑著這些這些表相上的技法或形式來辨識或了解真正的超現實作品。我認為真正的超現實作品，應該在其內容和精神上追求內在的真實。而且能經過理智分析表達出某種明晰的意義或意象的作品。這樣的話，他的作品就會有更高的表達力和感染力。藉由人類共通的「內在真實」的感應，就是作品可以被了解的一個基礎。如果作者自己不知所云的話，欣賞者又怎麼能了解作品外表上無厘頭的併湊而受到感動呢？

雖然中國的莊子、列子早在二千五百年前就發現了夢和現實人生的交會，且創作出我認為是真正的超現實作品。佛洛依德以科學治學的方法來發掘研究潛意識及其作用原理，雖然有其不足（自我分析的不能，自我修煉方法的欠缺），但已足以對醫學、心理學、文學、藝術產生革命性的影響。雖然當時，他的精神分析太偏重於「性」的說法。但使我們理解到人在清醒時被壓抑在意識底層的羞恥、慾望、恐懼、罪惡等念頭會變成潛意識蟄伏，影響自己的思想行為而不自知。只有在睡著的時候才悄悄地以扭曲而荒誕的夢境浮現，做適度的釋放和舒解。這些隱藏於心靈黑暗角落的東西，往往是人最真實而不自知的一面。我認為對生命中這一個角落的探索，有比藝術創作更為重要的功用和意義。是一種「自我進化」和「自我淨化」。足以使人了解真實的自我，認清世界的虛幻，使生命得到前所未有的超越。

因為實際的體驗，使我知道在「清醒狀態」和「睡眠狀態」中間，還有一個「冥想狀態」的可能。進入這個狀態，人得以清明地觀照浮現出來的平時不能自知的念頭或意識。漸漸看清自己的內在或世界的真實或虛幻。久而久之，甚至於能記得夢境，並加以分析。所以自我精神分析是可能的。至於對藝術將產生怎麼樣的影響，則是另一個有趣的問題。

藝術家追求絕對個人且獨一無二的創造。所以我認為如果藝術家蓄意依某個主義來創作，無異是自我設限，作繭自縛。嚴格地說，每一個藝術家，都應該創造出自己個人專屬的主義，而非從屬於任何人所創的主義。更別說還不了解，就找個「某某主義」的標籤往自己的身上貼。在學習過程，以謙虛的心去了解去追求，則值得鼓勵。但最後還是應該回到創造的路上來才對。

我常想要是我生在當時的歐洲。我也一定不會去參加什麼「超現實主義運動」。但是當我看到雷內・馬格利特（René Magritte）的一些作品時，我感到一種「危險的近似」和可怕的顫慄。

詩人札記（九）

如果這一生能變得像一首詩

沒有明確的人生觀，仍然天天過著所謂的人生，這是作為一個人的無奈和悲哀。但我癡傻自問，幸福仍然是可能的吧？沒有明確的詩觀，仍然被某種力量所驅使，寫著所謂的詩，這到底是什麼？有沒有可能不知道詩是什麼而寫出詩來？如果有可能，在這種狀態下寫出來的詩，自己又該如何看待？

退一步來想，即使自己沒有明確的詩觀，但總該看過大詩人的詩以及令我心悅誠服的詩觀吧。沒錯，我確曾因為看見他們所達到的高度而一時暈眩，也曾因為領悟其奧妙而滿足陶醉。但要不了多久，我又會迷惘起來。它們是那麼不可捉摸，以致於一旦想要給自己歸納出一個完美而究竟的詩觀，我便又墜回渾沌狀態的原點。我終於瞭解到，別人的詩觀畢竟是別人的。只有自己由內心發出歡呼的發現，才是屬於自己的吧。

就這樣，長久以來，我似主動而實被動地寫著自以為是的所謂的詩。然而，就像時間之流漂浮著我的人生一樣，我就不能奮力一躍追求詩的幸福，而只是隨波逐流嗎？如果沒有這一躍的人生，就不算是無憾的人生吧？如果不是在浮生中優美地一躍般的東西，就不是詩吧？這顛倒夢想、苦樂無常的一生，難道是我們不得不接受的人類的命運嗎？有一天，在我晨起習慣的假寐中，朦朦朧朧地感知往事一夜糾纏，都已隨夢幻滅，一股淡淡的詩意昇起，彷彿獲得新生一般。忽然在腦中聽到自己的聲音說：如果這一生能變得像一首詩，這一切也就變得可以接受了吧。

我終於領悟到，自己的存在的意義，必須自己創造。或許人類對抗悲劇命運唯一可能的創造，就是詩吧。而我的生命最持久的熱情，就是詩的實踐。我從來沒有像此刻這樣強烈地感到生命及詩的主動和幸福。

詩人札記（十）

如果我們能創造出詩，我們就能創造出國。

俗世的國，充滿穢亂和醜態，令人痛苦。我們的土地，是被奴役、被污染的土地，是充滿鞭傷和淚痕的土地，卻也是追求真理和幸福的土地。詩人是否能依照自己的理想和精神，建造一個內在的靈性的國，而快樂地生活在其中？

對我來說，這理想國並非空想的烏托邦，而是真實存在的國。這個國，也不是單靠信仰而支撐起來的國。在俗世的國中，就存在著這隱形的靈性之國。在熙熙攘攘的人群中，一個偶然交會的美善眼神，一個個認真生活的身影，我看見許許多多隱然存在著的同胞。在僻靜的山林裡，用岩石打造鋪設得如此古樸優美的古道，以及荒湮蔓草中殘存著砌造得如此美麗而渾厚的牆垣，覆蓋著鮮黃嫩綠的青苔，在陽光中洋溢著生命感和詩意。我確實看見了這理想國。我想，也只有這樣的國才配得上我們美麗而神聖的山河吧？

當我有了這樣詩意的發現後，我就不再怨天尤人，我就活得很安心很有希望，進而產生一種新的生活態度和動力。對這俗世的國，也產生較為溫柔和期盼的心。

但是，除非我們的土地真正變成乾淨而幸福的土地，詩人是不可能真正快樂的。那真正快樂的一天，就像我憧憬著的一首詩一般。

我們的詩，也應當要和我們一樣宅居於如此的國，且成為這理想國的礎石和風景。

如果我們能創造出詩，我們就能創造出國。

詩人札記（十二）

用字遣詞要精準，而寫成的詩卻要達到取之不竭的境界。

音樂和詩是不同的藝術。但因為兩者有很密切的關係和共通的本質，所以經常被拿來相提並論。就形式上來看，詩和音樂最密切的結合就是歌。然而，現代詩，尤其是自由詩，不滿足於這一層次的表現，而揚棄了韻律的限制，是為了達到更純粹的「詩」的藝術所做的抉擇。就本質來說，儘管脫離了音樂，但是現代詩所追求的那個比較深層的藝術搔癢點，應該是相同的。或者換個方式說，所有被稱為「藝術」的東西，其共通的本質，應該就是這個吧。

雖然很多音樂只在講究娛樂效果，以取悅聽覺的享受為目的，但偉大的音樂家所追求的，卻絕對不會僅僅滿足於娛樂的層次。那些被稱為

「如詩」的音樂，正好說明了音樂深入心靈的藝術性和詩具有共同的本質。我所欣賞的音樂，正是那難以用言語形容的詩的感覺，而非那膚淺的感官上的娛樂。

音樂以音聲為媒介，沒有可供指涉的意義。不像詩因為藉文字為媒介，可以用文字來直接表達意義。但也因為藝術的感受是那麼精緻微妙而善變，往往是粗礪的文字所難及，因此文字總是顯得那麼容易「窄化」、「僵化」、「俗化」，那麼容易被誤解。詩的難處在這裡。詩人的藝術也在這裡。我總是經常感到挫折的。

沙特在他的文學論中曾論及散文和詩的語言性質的不同。他認為散文的語言是表達意義的工具而已。而詩的語言卻如音樂一樣是本然存在之物，所以取之不竭。

我認為詩的藝術在於用攜帶意義的文字去創造出超越文字本身的活生生的存在而取用不竭的詩。

音樂對音準、節拍、強弱等，都嚴格要求精準，一點也不含糊。但由它所構成的樂曲，卻能達到那取之不竭的境界。這一點對詩的寫作是很好的啟示。那就是用字遣詞要精準，寫成的詩卻要達到取之不竭而同感共鳴的境界。所謂詩的音樂性深層的意涵，應該是指這個而說的吧。

另外，雖然音樂往往比詩更容易搔到癢處激起情緒，但詩也因為使用文字的意義，而有音樂難及之處。這也是詩之所以為詩不可取代的價值所在。

詩人札記（十二）

當幻象層層剝落的時候

有一種說法，認為在藝術創作中或藝術欣賞的當下，人可以因為專注於客觀的世界而暫時忘記主觀的自我，因而得以從存在的纏縛和痛苦中得到解放。並且使虛幻流逝的存在，在那一刻得到凝定，而存在正是由每一個瞬間所串成的。他們以為只有客觀的世界才是真實的。

然而，也有另外一個極端，認為藝術家所注視著、追求著的世界，是自我的情感和理念的世界，是超越客觀現實世界的東西。他們認為只有自我才是真實的、有意義的存在。

其實不管是持哪一種態度，都少不了一個作為認知「主體」的心靈。這心靈是鑑照萬物、對應世界（包括客觀存在的自我）的一個主體。我認為這心靈必須來自一個「更」真實的自我，一切認知和理念才具有更可靠更圓滿的基礎。這是藝術家，也是一般人內在修煉的真正核心所在。藉著不斷修煉更真實的自我，藝術家愈加能洞見真實的存在，確認更為永恆圓滿的世界。

不只是在創作中，即使在平常時，我也常常警覺到自我的喪失或迷失。我發現我總是那麼粗率地對待感性、狂妄地縱容習氣、偏執地看待世界、糊塗地盲從現實、苟且地屈服於貪欲。這一切都是那麼虛妄，但幸好我從虛妄看見了真實。

因此，無論在狂熱的自我追尋中，或冷靜的觀照中，我時常警惕著我的自我是否落入虛妄，而客觀疏離的觀照會不會變成不自知的偏執和冷酷，以致於喪失「真實的存在」的清明和溫暖。我認為人的存在，應該要能同時感到這清明和溫暖的幸福而不斷獲得淨化和進化，才是真實的存在，也才是人類全體幸福的存在，而非只是個人幸福的存在。我甚至認為如果沒有人類全體幸福存在的可能，也就不會有單獨個人幸福存在的可能。

於是我常常從虛妄中回歸一個原點——一個「真實世界的存在」的原點，觀照著一個不含有任何「自我」雜質的純粹客觀的世界，同時也意識著自己的「精神」或「夢」的主觀的世界。在這樣的過程中，我的自我得到反覆的淬煉。而反覆淬煉的結果，不但漸漸得到一個更真實的自我，也看見了更為真實的客觀世界。原來我們原本所認知的客觀的存在，也往往是片面的、相對的、變幻不定的，甚至於也不是真正客觀的。

當幻象層層剝落的時候，自我便更加深刻化和特殊化，同時人我萬物的分歧也愈益澄澈而鮮明。但卻會在一個較高的層次獲致一種渾沌的和諧和交融。

詩人札記（十三）

詩人生命的「自我完成」和創造

我想像世界是個比俄羅斯方塊複雜千萬倍而且時刻在變動著的大結構。萬事萬物在表象之下，有著瞬息萬變而意想不到的關連。人類往往只是懵懵懂懂地活著，活在這樣一個時刻都在變異著的龐大結構中而不自知。雖然有時也會產生一種難以理解的疏離感，但這只是偶而靈光一現？或源自人性特有的叛逆？

做為藝術家的詩人，有如吃了伊甸園的禁果，一旦獲致了「人」的覺性，他便掉入這一結構而知覺著這一切關連。在詩人眼中，一縷晨曦、一片綠葉、一聲鳥鳴，都有著那龐大結構的份量而顯現出創造的意義來。然而，對短短的一生來說、對脆弱的人性和冥頑不靈的智性來說，世界畢竟是過於龐大而難以負荷了。但他們為何像飛蛾撲火一般，無悔地在他們的藝術中燃燒自己？或許這正是藝術的價值所在和藝術的迷人之處？

人的存在的意義，因為自身存在的覺知和抉擇而深化。藝術家宿命中就是這樣走在前頭的一個人。不管是痛苦或快樂或任何其他微妙的感受，詩人藉「詩」（不只是那寫出來的詩，而更是那概念上的詩或詩意）明確化了自己的體悟，明確化了自己的生命，也明確化了世界，這也就是詩人生命的「自我完成」和創造。透過他的詩，詩人向世人揭示了這一切，也表達了自我。在古代，詩人被視為先知（雖然他們未必自認為先知）。但是現代的詩人，將如何看待自己？

然而不幸的是，詩的味道，畢竟只是人間的味道而已。我總是焦慮著這人間的味道。於其中我們很容易自甘陳腐或玩弄小聰明，或耽溺容易變酸的抒情。這樣的作品好像缺少某種靈性和必要性，甚至於令人厭煩。但是，我們畢竟也只是「人」而已。

但是我想像著，詩是從詩人的生命之樹長出來的果實。這果實也如那禁果一般要引誘那隱喻上最初的人類吃下，而顯示出非凡的意義來。

我從偉大的宗教經典讀到的，往往是很深刻很深刻的詩意，而非道德的訓誡。我甚至覺得藝術家的最高境界，是「得道者」或「求道者」的境界。雖然這個道，是恆變的道，而且是難以言說的。但也因為如此，藝術才具有無窮的美的魅力和可能，而且是關乎生命的重要的東西。然而巧妙的是，藝術也能為生命的沉重取得輕盈的平衡。

詩人札記（十四）

在普遍性中創造獨特性

一首詩，如一幅畫呈現在我眼前，真正引起我注意或強烈衝擊我的，是藝術家所強欲表現的獨特性而非一般性的東西。比如說，一張畫著花的靜物畫，或許讓我看到了一張畫著花的畫，但是如果看不出畫家要表現什麼東西，也看不出畫家用色構圖特殊的個性和氣氛可以帶領我進入一種全新的經驗和境界，那麼這張畫對我來說僅僅是一張沒有生命、沒有個性的畫。反之，如果畫家成功地表現出他某種深刻的感情或思想，這花就帶有畫家個人獨特的生命在裡頭。就算我不一定能一下子就悟出道理來，但我會感受到那是具有畫家的生命和靈魂的花。它可能是一束向日葵，但它已經不是一般的向日葵，而是具有永恆生命和意義的獨特存在的向日葵了。這就是畫家要創造的獨特的向日葵。我想一個真正的藝術家應當很自然會存有這樣的自覺和意識甚或潛意識，並且在畫布上作著這樣的探索和奮鬥。一張模仿的畫，儘管畫得唯妙唯肖、難辨真假，但仍然不具意義和價值，乃是因為這仿作沒有作畫者的生命和自我在裡頭，也沒有任何創新的意義的緣故。就像花店裡那一百元一束自然存在的玫瑰一樣。這自然存在的玫瑰花，必須和生命連結或經由某種儀式重現，才會超越它自然的存在而成為獨特的存在。

然而為什麼有些詩雖然強烈表達了詩人的情感或思想，卻不具有詩意呢？這是因為詩人沒有創造出那獨特存在的向日葵來。或者可以說，他並未找到那獨特的向日葵。

但是不管我們如何為藝術下定義，我總覺得藝術永遠帶有一個「x」。

詩人札記（十五）

連自己和自己也存在著謎樣的距離呢

從心到心，是人與人之間最短的距離，同時也可能是最遙遠的距離。

我常常聽到一種內心的獨白，那是一種在無數孤獨的低徊中發出的話語。在另一端，彷彿是另一個自我，殷殷地聽著，以無限的溫柔聽著，以滄桑歷盡的姿容那麼沉靜地聽著。那似乎超脫了肉體的頑鈍的聽覺，亦同時聽著風、聽著雨、聽著濤、聽著季節和人間。只我一人聽著，那麼孤獨地聽著。那麼幸福洋溢，而又那麼焦急。有如在翻滾起落的大浪小潮中，或聚散無常的風雲裡，偶然躍出的語詞從萬千起伏的念頭中被清晰地聽見。然而更多沒有語詞可以定型的意念，在一片渾沌中攪動，以致於連這已清晰聽見的語詞，就如泡沫在浪潮中生滅一般，最後也只留下一聲輕輕底嘆息，就消失無蹤了。就像這樣，連自己和自己也存在著謎樣的距離呢。然而，曾經尋尋覓覓、曾經靈光一閃，詩人畢竟還是曾經聽見了，只是等待著更加成熟的生命，形成更加完整而明晰的詩意。

肉眼所見，往往不是真正看見；肉耳所聽，往往不是真正聽見；粗俗煩躁的心，難以領略真正的詩意。所以畫家掙扎描繪著的，往往是超出那色彩和形象的東西；作曲家想捕捉的音樂，是那來去無蹤的弦外之音；而詩人試圖以語詞超越語詞而創造出獨自存在的特殊事物，就是詩這樣奇妙的東西。

詩意首先感動或啟發了詩人，而詩人一方面藉著語詞來凝聚詩意，認識品味自己的心。另一方面，雖然不一定是他的初衷，也可能藉著這詩觸動啟發了另一顆心。因此，與其說詩是文字的藝術，倒不如說詩是心的藝術來得貼切 。如果一首詩不能感動或啟發讀者的心，甚至於不能感動或啟發詩人自己，那這首詩是什麼樣的藝術呢。如果語詞不是發自肺腑的心聲，而只是被任意玩弄的文字，那麼這樣的文字將是多麼虛假、多麼遠離了真心。這樣的詩又如何能夠啟發自己感動別人呢？

詩人札記（十六）

想寫出好詩反而寫不出好詩

當我想到自己到底將呈現給世界什麼樣的作品時，一下子就從滿腦子想寫所謂的「好詩」的妄念中驚醒過來。想寫出「好」詩的妄想，常常會在無形中誤導自己傾注真心的方向，使得自己太過用心於追求著所謂「好」詩的那些枝枝節節或趣味，反而忘記了應當更為重要的「寫什麼」的核心問題以及真實自然的本性。

詩不應該只是詩。詩的意涵，對我來說是文學、是藝術、是生命，而非只是狹義的有形的詩。詩人所追求的，不應該只是詩的生產，而應該是生命的境界更廣義的展現和探索。我覺得太專注於詩的寫作，有時反而會變成一種不自知的貧瘠和偏執。如果詩人太專注於「寫」詩，他很可能會把自己變得像一個工人或機器一般生產著所謂的詩。這樣寫出來的詩，往往出現重複的內容和結構，只是作者自己不易察覺其中的陳腐而已。久而久之，就像枉然地挖掘著貧瘠的礦坑，而渾然忘記了坑道外面更開闊更真實的人生和視野。而這樣被挖掘出來的，也只是一些無用的礦渣而已。

因此，我時常感到一種拋開詩的寫作，甚至於拋開詩的閱讀的必要。那是一種回歸自然、悠遊天地的自在和開放，更是回復一個人最質樸、最單純、不造作的純淨感的生命境界，也是藝術的初心，道的境界。

雖然詩人也免不了有一段專心學藝的時候，有些詩作的過程也確實頗費推敲和雕琢，但是詩人更應該敏銳地覺察自己的心，並懂得回歸真誠和自然的性靈，讓詩自然發生。

人的心是多麼容易迷失啊！而詩是多麼容易就這樣在不知不覺中逃逸無蹤了。

詩人札記（十七）

誕生於大海中的台灣詩人，你的生命想像是什麼？
你知道六百萬年前的蓬萊造山運動，使台灣從海中昇起嗎？

作為一個人，你知道自己生存的位置嗎？給我一個詩的存在和空間，我的心靈就能夠獲得寧靜和澄澈。作為一個詩人，你知道詩人生存的位置嗎？給我一個真理和知識的海洋，給我海洋中一片善良而豐饒的土地，我將像米勒（Jean-Francois Millet）一般在那土地上誠實工作並發現詩意的光；我就堅定地認同了這個位置，並且虔誠信仰。我同時亦發現了天地的嚴酷裡，有一種大自然深沉的美和生命不可預測的浩瀚，史詩般在眼前開展生命的波瀾壯闊。這不就是命運對人的淬煉所激盪出來的偉大交響曲嗎？而我像一口巨鐘，靜默而莊嚴，等待命運狠狠地敲響。

作為一個台灣人，你知道你生存的位置嗎？你知道你生存的意義嗎？在作這些思考之前，應該有比作為一個台灣人更為根本的思考吧。

你知道作為一個台灣人的命運嗎？你知道所謂的命運對台灣人來說，是處處充滿了生命偉大創造的契機而非宿命論的悲哀嗎？作為一個台灣人，你認識你的痛苦嗎？你知道你痛苦的品質嗎？當所有人都感覺同樣深沉的痛苦時，一個民族就已經在無形中誕生了。而這個民族的宿命，就是必須勇敢而明智地迎向痛苦、迎向命運的挑戰，展開動人的創造。這不僅只是一個偉大民族的創造，也是個人生命意義的創造。我知覺到一種思想的力與美，將我從宿命的悲哀和痛苦中超拔出來，使生命昇華到一個莊嚴而冷靜的境界，而且充滿了出發的熱情和勇氣。

出發吧！同胞們。停止你的自怨自艾和自暴自棄。出發吧！同胞們。用正確的史觀去閱讀世界史，尤其是西方文明史，因為那是現代化的根源所在，然後回過頭來檢驗並清洗你從小就被灌輸的中國史，並深刻反省什麼樣的史觀才是合乎人性而且立基於你的尊嚴和利益的現代化史觀。以這樣融入了現代化潮流的台灣史觀來看自己和世界，然後你告訴我，你是誰？你要往哪裡去？然後你嚴肅而虔誠地告訴自己，你要做什麼？你應該怎麼做？就從自己開始，從自己的家庭和親友開始，用這全新的價值和精神，去重建你的世界和生命。

出發吧！同胞們！走向廣大的現代世界吧！游向大海吧！因為你的宿命不要你做池中之物。但是不要忘記，台灣才是你生命的支點。雖然是地球上小小的一點，但那就是阿基米德所說的能讓你舉起地球的支點。

台灣人，你知道你生存的位置和命運了嗎？你知道該怎麼做了嗎？

詩人啊，你知道你生存的位置了嗎？你找到你的詩的支點了嗎？

我所認知的詩，是這樣關連著生命、時代、世界和國家的。

詩人札記（十八）

詩是上天賦予人類應對人生最優美的秉賦。
然而，讀再多游泳術的書也無法學會游泳。

經歷了人生以及詩的洗禮，我發現詩不只是修煉的副產品，更是修煉的一個法門。但是正如當初不是為了寫詩而修煉，如今也不是為了修煉而寫詩。一切都是隨著生命的機緣自然發生、自然形成的。

詩意來自人的靈性和智慧。每一首詩的完成，應該是詩人生命的一次頓悟和昇華。這樣的頓悟，重新詮釋了生命，並且賦予重新創造的可能。詩藉語言而表達，因此在語言組織之際，在字斟句酌之際，詩人有機會一再檢視自我的生命和內在，以及語言的真實和創造力。使詩人的生命達到更深刻、更細膩的境界。

如果有憂傷，那絕非廉價的感傷，而是攜帶著覺性的力量的憂傷；如果有悔恨，那絕非僅止於自怨自艾、自陷泥淖的悔恨，而是一種深刻反省的勇氣和前進的力量；如果有憤怒，那絕非起於無明的凶暴，而是帶有尊貴氣質的正氣；如果有快樂，那絕非膚淺自私的快樂，而是照亮陰鬱的天使般的愛和本質。一切都來自一個高貴的靈魂。縱然人類總是難以避免戰爭、壓迫和苦難；人生總是難免遭遇挫折、迷惑和無常；人性也往往充滿虛假、矛盾和衝突，但是詩人的心靈反而因為受到這些淬煉，變得更加澄澈而真實。而詩彷彿是那淬煉出來的結晶一般，折射出動人的光芒。

雖然我不排斥經由研讀那些深奧的經典來修煉，但是就像我們讀再多游泳術的書也無法學會游泳一樣，我認為我們反而應該直接從生命下手。這裡所說的「生命」，是廣義的生命，是相對於那些經典和理論來說的。但是說到修煉的下手處，卻是特指被稱為「我」或「自我」的這個生命。它既是修煉的客體，又是修煉的主體，所以我們往往夾纏不清，無法看清自己，也無法做自己的主人。「自我探索」和「自我控制」是修煉的兩大功課，而其修煉是有一套方法並且需要長期不斷的練習才能學會的。

西方以科學為基礎的心理學、生物學、哲學、語言學乃至於四十多年前才開始發展的認知神經科學，對自我的探索提供了很確實的科學和邏輯的知識，甚至於去年日本的一個研究小組已經能由腦波變化的檢測，用電腦根據先前的資料庫，重現畫像資訊，並且預計十年後，人類將能夠像科幻片一樣，讓夢境影像化。然而，就算你能看見自己的夢，也只有自己才是最佳的解夢者。對「自我」神祕而複雜的內在的探索，西方科學總是顯示其唯物的、邏輯的、外在的侷限性。對於如何進入自我的內在加以探索，並進而對之進行修煉和掌控，時至今日，西方學者仍然沒有提供一套「科學」的方法。但是早在兩三千年前，印度和中國的修行者就已經知道生命內在的神祕現象和領域，並各自發展出一套向內探索和修煉的方法。雖然每個人都是特殊的存在，但累積數千年，千千萬萬修行者的實證實修，卻仍然發展出一些共通的經驗和方法。這些經驗和方法，總是以師徒的方式傳承，而且僅適合用這種方式傳授。

我們從小就試圖建立自我，也不知道在什麼時候開始，自我就像戴了一副眼鏡。我們透過這副眼鏡來看世界，也用這副眼鏡看自己。如果鏡片是紅的，我們看到的世界就是紅色的世界；如果這鏡片是煩惱障和所知障的鏡片，我們看到的世界就是煩惱和偏見的世界。而人往往誤以為這就是他固有的自我和他所確知的世界。其實在修煉中，修行者會體悟到一個靈動狀態的自我，是和我們的肉身若即若離的神識。其即也，如如不動而渾沌包容；其離也，輕盈超越，無所住而生其心。這個渾沌空靈的「核心的自我」便看清了先前自我所感知的情緒和世界，只是各種因緣、條件在某些時機遇合而形成的，因此也會隨著因緣和條件的改變而變化或生滅。所以不但沒有一個不變的世界，甚至於也沒有一個不變的自我。否定了先前的自我，反而是自我更真實的掌握。這個去除了我執的自我，便開啟了生命的新視野，並且掌握了生命更大的自由和主動，有如全新的生命一般。這樣的生命和過程，本身就充滿創造的詩意，有如一種藝術。而這時時更新的生命，會產生許多新的詩意和境界，是再自然不過的結果了。

人生充滿曲折、挑戰和夢幻。而詩是上天賦予人類應對人生，最優美的秉賦。缺少詩的秉賦，將如失去味覺一樣可怕。雖然我們知道人生也有苦澀和辛酸。

詩人札記（十九）

與天地契合的孤獨，渾沌了所有的分歧。

我們活在一個分歧的世界，因分歧而互相憎恨，因憎恨而激烈痛苦。但是有誰想到那麼分歧的我們，卻有那麼多共同的語言，那是超越各種語言的語言；譬如饑餓，譬如恐懼，譬如自由、民主或尊嚴。想不到吧，我們有那麼多共同的表情，是不同臉孔的相同表情；譬如快樂、憤怒或哀傷。我們又有那麼多相同的情感，是多麼不同的人生所產生的相同的情感；譬如愛、恨或莫名其妙的憂鬱。我們甚至於有共同的虛幻，我們凝望幻變的雲空，我們瞠目或閉眼，同樣做著夢。儘管我們的命運是多麼的不同，但我們卻又有著共同的命運——所謂人類的命運。有這樣的東西，有這樣的說法，有這樣的我們。

有如上帝的玩偶，我們深陷於那麼不可自拔的情結裡，而在那麼激烈的演出後，於如此孤寂的回想中，因那本非所願或有所缺憾的人生而跌入深沉懊悔的苦惱中，而在人生或歷史退潮後，彷彿下戲後被丟進黑箱中的傀儡——半死亡的傀儡，沒辦法言語，流不出眼淚，僅能木然知覺著的傀儡。沒人記起，甚至沒人知道他曾存在過。曾經是那麼激情、那麼偏狹、那麼愚妄，一點也不像我們喜歡的自己。我們甚至於不知道自己是誰，做了什麼。你看，我們是不是多麼相像？

儘管我們有多麼分歧，但我們如此相似、如此相知，彷彿孿生，但是為何我們卻又經常那麼孤獨。這孤獨否定了一切共同，切斷了一切關聯。難道這也是人類不得不共同的命運嗎？然而，在這樣的孤獨中，我感到一種帶著憂鬱的尊貴和莊嚴。這是我們也應該會有的共同的反抗和叛逆嗎？多麼尊貴多麼溫柔的叛逆啊！

我以這樣的孤獨，完全屬於自己的孤獨，與天地契合的孤獨，不知不覺地闖進了一座陌生的森林般，滑入不可測度的時光之流，諦聽生命的涓涓細流，渾沌了所有的分歧，感到擁有這整個時空，孤獨而豐饒地。

詩人札記（二十）

台灣文學在自我面貌的摸索和建立，無疑的有更深於政治的哲學意義。

對生於斯長於斯的土地毫無感情，對自己所處的環境漠不關心，好像天塌下來也和他沒有關係，更甚而鄙視這塊土地、敵視這塊土地，也因而在潛意識中懼怕著、自絕於這片土地，這是多麼愚蠢而可悲的人啊！

一個人的鄉土，不只是大自然的土地，也有文化上的鄉土。是連繫著生命記憶和感情的詩的鄉土。土地常常被比喻為母親。這個母親不選擇她的孩子，反而讓孩子選擇她。不管經歷多少苦難，如何瘦弱、如何貧瘠，她的愛有如她的血肉，盡化為珍貴的乳汁，餵養著相依為命的孩子們。就這樣，有著共同的母親，有著共同的歷史記憶和命運，有著共同的苦難、夢想和快樂，有著這種種深層的感情和文化意識的土地，乃成為文學、藝術原創力最內在的根源，也是培育藝術風格特異基因的沃土。然而不幸的是，我們的歷史教育是流亡政權刻意要斬斷我們和這塊土地的關聯，並灌輸我們虛幻的祖國意識的洗腦教育。今天文學作品的虛假和貧血，思想的膚淺和幼稚，可以說大半要歸咎於外來政權的白色恐怖和黨國私心壟斷的惡政。這就是為什麼我們的社會有很多很會讀書、很會考試的人，反而不能獨立思考、沒有土地感情、沒有人格尊嚴的原因。

經歷了二戰的集體毀滅和劫難，以及工業文明所帶來的破壞和污染，人們深深了解到地球所面臨的危機，而漸漸從達爾文主義轉變到環境保護主義。興起維護大自然、保護瀕臨絕種動植物的各種運動。但是非常諷刺的，在二十一世紀的今天，卻仍存在著恐龍般的帝國主義霸權思想，殘酷地對弱小民族和文化肆行吞併、同化的暴政，並以國家暴力迫害自由、民主的基本人權，實在是人類應該同聲譴責、共同抵抗的公敵。

從人的存在意義上來看，人類探索自我、追求存在的意義，是生命和哲學的主要課題。台灣文學在自我面貌的摸索和建立，無疑的有更深於政治的哲學意義，也並非只是社會寫實風格的形式而已。從世界的角度和視野來看，這有著特異基因的鄉土，才是值得特別予以珍視和保護的人類共同的資產。也是我們文學的沃土。

小時候我所看到的台灣人那種敬天畏地、謙讓有禮、質樸淳厚、謹守本分的民風，現在回想起來印象更加鮮明。現在雖然我仍然能從很多台灣人身上看到這些特質，但是為什麼一些藝術家和詩人反倒是背道而馳呢？

在這個廣大的世界上，我們有著什麼樣的存在？我們有什麼樣的夢？我們有什麼樣的文學和藝術？我們有什麼不同？

或許我們自己已經忘記這些了，但世界確實會這樣看我們。

詩人札記（二十一）

毛毛蟲的世界和蝴蝶的世界是同一個世界，卻又是多麼不同的世界。

悉達多在菩提樹下頓悟成佛。是什麼使他開悟的？他悟到的是什麼？是真理嗎？如果是真理的話，那是什麼樣的真理呢？有關他開悟的描述並沒有給我們答案。我們只知道他的生命在那一刻得到蛻變了。後來的開悟者對自己開悟的描述，全部都像謎語一般令人莫測高深。難道他們是在故意捉弄我們嗎？開悟到底是怎麼一回事呢？

事實上，並不是有哪一個真理使他們得到開悟。而他們頓悟的也不是任何一個可以說得出來的真理。即使有這一個或那一個可以說得出來的真理，但為什麼聽到的人卻還是不能得到開悟呢？然而世界在開悟者的眼中確實不一樣了。或者說，是開悟者超越了自我，因而看到世界沒有被自我所扭曲所拘限的實相了。世界並沒有改變，改變的是開悟者的生命。開悟是生命內在意識狀態和生命能量的轉變。這個奇妙的轉變，就像一個人從睡眠中醒轉而知覺到那原本就存在的世界一樣。而在睡眠中，他對這個世界是不知不覺，或完全超越現實的。毛毛蟲的世界和蝴蝶的世界是同一個世界，卻又是多麼不同的世界。開悟差不多就是像這樣的蛻變。你倒是教開悟者從何說起呢。

詩人的世界和一般人的世界是同一個世界，卻又是多麼不同的世界。雖然詩人還不一定是開悟者，但是詩也可以算是詩人一個小小的開悟。透過詩讓一般人也能看見詩人的開悟。詩人的情感和一般人的情感是同樣的情感，卻又是多麼不同的情感。詩人在一種超乎尋常的意識狀態下，清醒地知覺那些情感雖然來自同樣平凡的肉體，卻趨向一個更美麗更精緻更崇高更幸福更真實的生命的想像。而這個想像的生命才是生命該有的實相。是一個新的生命境界。葛達瑪（Hans-Georg Gadamer）說：「沒有希望便沒有人類」。可以換個方式說：如果人類不懷抱著這種生命的想像，那便不能算是有希望的人類了。

如果我們的存在具有意義的話，那麼這個存在必定要指向一個進化的目標。這個進化的目標，應該就是生命的覺醒和蛻變。是朝向那新生命境界的想像、覺醒和蛻變。儘管我們在醉生夢死的存在狀態下，仍然深刻感受到一切的悲哀、痛苦、憤怒、懊悔、快樂或虛幻，然而詩人尋求的不是逃避而是清醒。在「真」裡覺醒、在「美」裡覺醒、在「善」裡覺醒、在「苦」裡覺醒、在「愛」裡覺醒、在生命裡覺醒。我們的生命也因而有了蛻變的可能。人類追求蛻變的一切掙扎，一切的發現和感悟，一切的成就和挫敗，所有的現實和想像的變相圖，對詩人來說都是有血有肉、有淚有笑、有呼吸有心跳有體溫的詩意。

新的生命想像在舊生命中注入了新的能量。而這新的能量又進而產生了更新的生命的想像和能量。當生命的情意結突然打開時，生命神奇的蛻變就如詩一般展開它美麗的翼翅。

每一隻毛毛蟲的內心裡都存有一個蝴蝶的潛意識。我這樣相信而活著。

詩人札記（二十二）

你將會在自己的聲音中認識真正的自己。

「這首歌沒有語言。現在的人常常用語言包裝自己，也因為這樣而常常在語言中迷失了自己。當你心情不好或心中有什麼事的時候，你可以面對大自然，唱出自己的聲音。這時候，你將會在自己的聲音中，認識真正的自己。」

這段精采的話，並非任何你叫得出名號的詩人或藝術家所說，而是我漫步淡水碼頭無意中從一個原住民街頭藝人口中聽到的。說完這段話，他彈起木吉他，開始用我聽不懂的語言（或說歌詞，或者該說那只是一串串喃喃自語的聲音。）唱了一首我從未聽過的動人的曲子。或許他本來就料想觀眾將不會懂得他的語言，或者覺得他心中的情懷，再多語言也無法表達，所以就用沒有語言的純粹的聲音來唱出他的心聲，而如果沒有可以期待的知音，那就 keep it for himself 好了。我相信他在內心中必定有過一番琢磨，所以才會在唱歌之前，先講了這一番話。而我也因為這番話而特別用心傾聽。

因為完全沒有可以理解的語言，我只有直接從他的聲音去體會其感情和詩意。

他就像把自己當做樂器，如小提琴或管風琴或喇叭或嗩吶一般，演奏出純粹的音響。而我試著在內心中尋找可以與之共鳴的頻率。民族的命運、語言的欺騙和受傷、人生的苦悶和滄桑、愛情的嚮往和失落、大自然的孺慕和安慰，彷彿潮水起落於黃昏的海邊，頃刻間在我胸中翻湧。我開始注意到他穿著鮮紅色的原住民服裝，但是太新了一點。他輪廓俊秀略顯桀驁，但少了剽悍。他的長髮飄逸，但是已然灰白。這一切的一切，完全和他的歌聲吻合。這一切的一切，超越了語言所能承載的負荷。這真是一個深刻的體驗和啟示。

我們日常所碰到的，並不全都這樣細緻。有多少歌曲，用快樂的曲調唱著悲傷的歌詞；有多少歌曲，用膚淺俗氣的歌詞去翻唱韻味無窮的曲調；有多少名嘴和政客，用語言包裝自己、玩弄別人；有多少詩人，特別是那些喜歡玩弄文字，虛飾自己的詩人，在文字中迷失了自己而不自知。我敢說，這位原住民歌手能講出這一番話，他就已經比許多虛有其名的詩人還懂詩了。但這個歌者或許永遠也不會被我們的詩壇所認知了。我本來很想趨前請教他的名字，但想想這樣一來恐怕會變得很不詩意。所以就讓這邂逅，保留那隨機而無窮的詩意在胸中吧。

我們的詩，是不是可以用語言創造出超越語言的表達呢？我們詩人是不是也可以像那歌者一樣，從自己的詩認識真正的自己呢？

詩人札記（二十三）

而我的生命是重新建築在解放了的語言上的生命。

閉起眼睛，我仍看見；塞住耳朵，我仍聽見；摀住嘴巴，我仍吶喊。我的心靈如此奇妙地取代了工具性的肉體感官，且超越它們。而一切彷彿在純淨中重生，並且活在一個更自主、更真實、更澄澈的世界中。

思想是藉著語言為載具而運作的。經過長期冥想的修煉，使得我不但在冥想中，也在平常時能夠聽見自己思想的聲音，知覺著自己藉由語言和思考而明確化的存在。並且因為對外在世界的客體進行觀察、思索和反應而校對著自己語言的精確性和周延性；藉著對自我內在的觀照而檢查著語言的真實性和精緻度，同時也檢驗著自己的生命狀態。就因為長期經過這樣的鑑照，我的思想和生命得以從語言的舊習和桎梏中解放。而語言對思想和生命的禁錮，一般人是無法察覺的。

自願的學習姑且不談，當我們被迫閱讀並背誦那些古文和成語的時候，我們不但會不加思索地接受其隱含的思想和意識型態，使得我們的思想僵化，並且也會在日後粗率地套用那些屬於別人的文字或成語來進行粗糙的思考和表達。結果在面對千變萬化的世界，和自己特殊的人生境遇的時候，我們再也不能細膩感受、我們再也不能精準表達。我們不再是我們自己，因為我們沒有自己思考的能力；我們沒有自己思考的能力，因為我們沒有自己思考的語言，沒有獨立思考的習慣。

因此我的詩的道路是解放的道路。我的語言是經過解放的語言，雖然這個解放是無形的；而我的生命是重新建築在解放了的語言上的新鮮的生命。其實解放的不只是語言，而更應該是內在的語言機制。來自他人的語言或文字，必須通過這個內在語言機制的消化和解毒，才能融入自己的語言和生命系統。我也因而得以避免語言的污染和因襲。通過這個內在語言機制產生的詩，其語言自然是詩人從自己生命發出的語言。

而這個內在語言機制是會隨著個人智慧和靈性的修為而日趨靈敏、開闊和個性化的。

談到詩的語言和詩的創造，我認為沒有比這更為根本而實在的基礎了。常常有人把語言文字當成外在的形式和技巧來追求，其實那只是一種捨本逐末的雕蟲小技。結果往往變成虛假的文字遊戲，甚至於不知所云。很不幸的，年輕人特別容易被這種虛假的外在所迷惑，產生對詩的誤解。更糟糕的是詩壇瀰漫著一股欺世盜名、裝神弄鬼的妖風，繼續蠱惑著文壇和學術界。這種風氣的形成和政治社會背景有關。所以不只是詩人，我們國家社會需要的正是這詩的解放。

如果我們能解放我們的詩，我們就能解放我們的國。

詩人札記（二十四）

而我的內在意識著生命如水的諸種變貌和風情。

自己的人生觀，必須是個人絕對主觀的人生觀。是個人生命經驗絕對主觀的看法，而這看法卻是與時俱進不斷翻新的看法。But, have you got anything to say？

那麼，就姑且先看看自己當下的存在好了。自己的存在應該時時刻刻掌握存在清醒的感覺，而且醒夢如一。一切認知——不管是對內在的自我或外在的世界——應該是一個現在進行式的「動態認知」。因為不但萬事萬物都在變化中，作為認知主體的自我，以及這個自我的想法，也時刻在變化。也因此只有動態的認知才能正確認知。

所有現成的哲學和思想，雖然是人類智慧的結晶，卻都是他人的生命的產物。如果不能用自己的生命和思考去體驗、去消化，不但對自己毫無益處，甚至可能反而阻礙了自己獨立思考的發展，並鈍化了生命本能的感受力。對於他人的哲學和思想，我是抱著觀察一個獨特的生命和欣賞他的「絕對主觀」的態度來加以閱讀的。因為擁有絕對主觀的精神和動態認知的自覺，藝術家才能掌握生命獨特的價值和動能，勇於面對生命的無明、無知和虛幻，從零出發，用自己的生命和獨立思考來建構自己的思想和藝術。這就是生命最真實的存在和創造，也是詩的獨創性最有生命力、最可靠的來源。

或許從某些世俗的角度來看，藝術家的主觀有時看起來荒誕或幼稚，但更重要的是藝術家必須確定自己對生命和藝術的真誠。藝術的真實是另一種真實。藝術家的生命和作品會活在一個他自己所建立起來的獨特的價值體系中。他的藝術的價值也會因為他的獨創性而得以確立。這絕對主觀的藝術，不但成就了藝術家個人更特異、更飽滿的人生和藝術，而每個人絕對主觀的結果，整個人類的存在也將因而更為豐富、更為真實，而且充滿創造力。

每一個生命，如一滴水，都將匯入人類生命的大河，滾滾而流。而我的內在意識著生命如水的諸種變貌和風情。

詩人札記（二十五）

莊子曰：「其耆（嗜）欲深者天機淺。」

生命即原創，但必須自我完成。因為生命是獨一無二，一期一會的存在，以前沒有，以後也不會再有；此處沒有，他處也不可能會有的存在。然而，有多少人對自己的存在有清醒的自覺？有多少人對自己這樣獨特的存在有深刻的體認？又有多少人能感覺到自己存在獨特的頻率和天地萬物產生的共鳴？詩的創造，就是這存在的自覺以及和宇宙萬物的共鳴，並進而發掘出生命中特殊的意義來。我以這樣的體驗，深刻領悟了波德萊爾的Correspondences這首詩，並且更加確認詩的原創力來自生命——這個半神半獸的生命。

這個受七情六欲所驅使的生命，常常被激發出非凡的意志力、想像力和審美力來。這樣的生命力，既破壞舊世界，也創造新世界。不只是對外在世界，也是對內在世界的破壞與創造。我常常看到那些具有生猛生命力的生命，往往比那些衰弱無能的生命具有更大的創造驅動力。但是為什麼莊子會說：「其耆（嗜）欲深者天機淺」呢？我的領悟是如果這個生命力只拘限執著於自身及欲望，那麼這個生命只會是個畜牲的生命。他的眼界和想像力都只會受限或導向自我和欲望，這自我和欲望反而會阻礙他清明的靈性和更高的志氣。他的行動也僅會止於自我欲望的滿足，而無法藉著生命力的驅動成就更高的生命想像和境界。而且他的生命，也只是為欲望所奴役的不自由的生命。因此一個真正具有創造力的生命，還必須擁有一個超越的心智和想像。

到底是神創造了人，或人創造了神呢？如果人類連神都可以創造出來，那還有什麼不能創造出來呢？對人類生命的想像來說，有什麼可以比神更偉大而神奇的想像？對於詩的創造來說，有什麼可以比神更崇高的境界？或許所謂超越的心智，是除了自我之外，連神也必須予以超越的吧。因此，即使你相信有一個創造你的神，祂既不會替你思考，也不會替你過你的生活。你仍然必須以自己的血肉之軀去承受巨大的痛苦，或小小的快樂。然而，對自己，對一切，清醒而深刻地面對並擔負起完全的責任和命運，你的生命將充滿創造的契機。你的生命將具有無限的可能。即使有一個萬能的神，祂不會或不願創造另一個你；即使有一個創造萬物的神，祂也不會讓萬事萬物對每一個人具有相同的意義，祂更加不會讓每個人對萬事萬物有相同的看法和對應。因此，如果寫著人云亦云，千篇一律的詩，那是生命的麻木和怠惰；如果用虛假或糊塗的文字，寫著虛假或糊塗的詩，那是對自己生命的輕蔑，也是對詩的褻瀆。所以，缺乏創造力的生命，不如一行波德萊爾的詩。

因為生命是這樣短暫而縹緲，是這樣獨一不二而無可替代，以至於這生命裡任何最渺小、最輕盈的東西，也都會變得意義非凡，且相對沉重。即使最平凡的生命，也具有人類共同的命運和人性那種龐大；即使最卑微的存在，也隱藏著無窮盡的宇宙的神祕和驚奇。

我們的生命是怎樣的生命呢？你怎樣面對你的生命？

我們的詩是什麼樣的詩呢？你又如何在創作中自我完成？

詩人札記（二十六）

從靜止的物質性世界超脫出來。

天空的顏色並不來自天空；紅花綠葉的顏色也非來自紅花綠葉。繪畫的顏料，是人類發明的人造之物，用來描繪眼中萬物及心中諸種情緒的色相。寫實的繪畫盡其所能地使用這些顏料來描繪萬物，使之栩栩如生地再現於畫布上而得到一種滿足。其唯妙唯肖的程度雖然令人讚嘆，但可以說大多數只是自然的模仿而已。公元一八三九年照相術發明以後，更挑戰了寫實繪畫技法的存在價值。走向戶外寫生的自然主義巴比松畫派，觀察大自然萬物在光影空氣中呈現出變化無窮的瑰麗世界，不管用三色、六色、八色、十二色，或更多的顏色試圖去調出接近大自然所呈現的色相，可是無論如何細膩，也難以表現在時光之流中不停變幻的世界。終究這是一個令人迷惑的「色界」。世界並非靜止不動的世界，人心也絕非純淨不染的人心。這或許就是為什麼不管寫實作品如何細膩逼真，看起來總像是碰到牆壁的感覺。但是米勒的作品卻是一個例外。而印象派以快速而簡略的手法，用補色並置和顫動的筆觸描繪瞬間捕捉到的最強烈的印象，反而能聚焦表現畫家感受到的最強烈的美感和主題。而那種不求細節描繪，卻專注於神韻寫意的掌握，反而令人覺得更為真實，更為豐富，更耐人玩味，而且正好捕捉表現了存在夢幻的本質。而在創作中，或許無形中也滲入了畫家個人當下的情緒和錯覺，但這卻也使得繪畫更接近畫家人性內在的真實。儘管印象派畫家們各有自己的風貌，但以莫內畫作「日出•印象」最足以說明印象派的特色，而且這也是「印象派」名稱的由來。近看顯得粗率的一片凌亂的筆觸和顏色，如果瞇眼模糊眼睛的焦距，或退開一段距離去看這幅畫，就會看到一個無比豐富而真實，氣象萬千的「印象」。

這種從靜止的物質性世界超脫出來，而感受生命神祕律動的眼光，是藝術家心靈審美能力了不起的精神性的超越。是超越了肉眼所見，對存在現象的變幻性進行詩意的探索和破譯。也是繪畫技法偉大的創新。印象派畫作大多數是在畫家的成熟期所畫，所以並不是實驗性的作品而是很成熟的創造。從印象派大師們的創作，我體會了藝術創造超越的心靈和畫作中所表現的詩意。詩人的眼光，應該也要具備超越表相參透內在的靈視能力。語言和文字則是詩人的顏料。描繪現實的詩，也應當要突破膚淺的思考和描寫，進行革命性的超越，追求更深沉更藝術性的表現。

詩人札記（二十七）

當你沒有的時候你就需要創造。

創造力來自一種性格，或許可以稱之為創造性格。這種創造性格不僅出現在詩人藝術家身上，也出現在科學家和企業家身上。而各種各樣的創造也源自生命內在的同一個萌點。

藝術品的詩意和詩的藝術性，好像能給我們一個模糊而籠統的概念，但卻很難有一個明確的區別和定義。這是因為這兩個名詞本身就很難定義，而且這兩者有相當程度的同質性和重疊，甚至於還來自同一個萌點，只是後來發展的方向不同而已。我不想在這裡去區別兩者，反而想回歸到那個萌點，來認識它們的共同基因和本質。我發現這兩者的共同點就是創造性。我從詩的閱讀和寫作以及藝術欣賞的經驗內省，得以察覺作品透過感官對心靈產生刺激，進而感動並融入自己的生命結構的那個心靈的原點和能感機制。並且發現它們相同的本質，那就是創造性。事實上，許多偉大的詩人和藝術家，就兼具了詩和藝術的稟賦，所以能成就他們非凡的創作。而在某種意義上來說，創造的共通本質，就是在人類平凡的生命中，發現不平凡的意義和美，並創造出足以昇華人類存在境界的作品來。因此對存在意義的探索具有強烈的好奇心和慧根，對生命境界的美具有敏銳的感受和熱情，是藝術家和詩人必須具備的先天條件。

藝術有各種形式和風格，創造也有無限的可能。但是為了探討創造力的來源，只得聚焦於這靈感萌生的原點，並用較為嚴格的標準來看藝術。剔除那些較少創造性的裝飾藝術、娛樂性的音樂和油嘴滑舌的打油詩，真正的創造其實是很困難的。為了穫得一克拉的鑽石，必須挖掘淘洗五十公噸的土石。要創造最嚴格定義的藝術，可能是更為渺茫的工作。Degas曾說 "Painting,it is very easy when you don't know how to paint. Once you know it, it is very difficult." 從內在去探索存在的新境界，從而創造一個新生命，是非常困難但卻是引人入勝充滿驚奇的創造過程。或許宗教所體驗到的 ecstasy 差可比擬。至於對大自然或太空的探險，是生命精彩的探索，也一樣充滿詩意的創造和驚奇。

　　創造是什麼？當你沒有的時候你就需要創造。蘋果電腦創辦人賈伯斯對史丹佛大學畢業生演講時勉勵這些菁英要 Stay Hungry, Stay Foolish.（中文翻譯成「求知若饑，虛心若愚」我覺得翻譯不精確，而且失去了語言的個性和力量。）生猛的創造力來自一種野獸般的饑餓和瘋子般的傻勁。賈伯斯不但具有創造性格，在生命的實踐上也是藝術性十足。年輕時他嗑藥、吃素、寫詩、玩音樂，曾醉心於東方靈修、印度教、禪和求道，還曾接受基於佛洛伊德理論的「原始吶喊療法」。這種種內在心靈的探索和修煉，對自己內在產生的革命，只有真正投入過的人才能真正體會。他領導創造那些改變人類生活的產品的過程，實在比藝術家還精彩。他曾對史考利說，如果他沒有一頭栽進電腦業，或許他會在巴黎當詩人。我想他就是個詩人。他的一生，就是一個如詩的存在。聽說他在彌留時最後的話語是：“OH! WOW! OH!” 好像正經歷著一個神奇的夢境。對於他精彩的一生來說，連死亡都具有戲劇性的創造力。或許這是他留給世人最詩意最藝術的墓誌銘了。

詩人札記（二十八）

人的存在和一塊石頭的存在是不一樣的；

一個人的存在和另一個人的存在也是不一樣的，而且也必須是不一樣的。

人並不常常知覺著存在，因而也不會時刻惶恐於生命的虛幻。在日常生活中，人的精神往往是外馳的。這就成了存在的遺忘狀態。人只有沉靜觀照自己的內在，才意識到生命相對存在於永恆的時間中和無極的空間中的虛幻性。自覺生命的虛幻性，並不是為了否定存在，落入虛無，反而是要在這種徹悟的基礎上，建構生命更堅實的意義和信仰。

可悲的是，還有那極端的唯物論者要否定靈魂的存在，把人徹底物化、集體化、虛無化，抹滅這短暫得可憐，虛幻得可怕的存在所擁有的最後一點點屬於自己的個性和意義，而這僅存的一點點，卻正是人所能擁有的最珍貴而不容抹滅的東西。對自己的存在（以及人類的存在）有著敏銳的感性和透視能力，知覺著靈魂的存在，勇敢面對可怕的虛幻，承擔這夢幻泡影的存在的悲劇而生存下去的人來說，人的存在現象比極端唯物論者所主張或體會到的存在要豐富得多、複雜得多、也有意義得多。我認為這是人類悲劇命運中一種莊嚴的勇氣。打個簡單的比喻說，人的存在和一塊石頭的存在是不一樣的；一個人的存在和另一個人的存在也是不一樣的，而且也必須是不一樣的。一個人不管是多麼卑微，只要自覺著生命內在精神世界的存在，而抵抗著存在的遺忘和集體物化，他就是一個存在的巨人。

創造的深層意義，就在於對抗存在的遺忘和虛幻；在於創造差異對抗集體化、物化和虛無化。如果能掌握個人存在的差異和意義而創造，也就等於是在存在的虛幻性上找到永恆，進而化虛幻為永恆。我往往在這種深刻的創造性作品中，發現一種美，一種超乎一般意趣的深沉的美。雖然藝術仍然還需回歸藝術性的呈現手法。

詩人札記（二十九）

藝術創造需要強大的生命能量。

作品乃內在的延伸，也可以說是內在的衍生物。即使是專注於描繪客觀事物的作品，無形中亦呼吸著藝術家生命的氣息，並隱含著他個人看待事物的角度和觀點，以及創作的動機和意圖。從藝術家對客觀存在（包括純粹發自內在的思想情感或靈感）的觀照開始，就已經由他的內在啟動了生命的原始機能——一種對外在世界（認識本體之外的客體，包括內在所意識到的自我）產生感應的能感機能。即使是一個沒有受過專業訓練的普通人，也具有這個相同的本能。我認為這就是一切藝術欣賞最原始的基礎，也是藝術品由藝術家的內在延伸出來，而能深深觸動欣賞者的內在的原因。就這一基礎來說，藝術是很單純的，就像兒童那樣，那麼單純、那麼原始、卻那麼動人。畢卡索曾說："I have directed my life toward learning how to draw like a child."（我一生都在學著怎樣像孩童一樣畫畫），那麼我們看畢卡索的畫，是否也該學著用兒童般單純、原始的本能去欣賞，而不是用艱深複雜的藝術理論去解剖呢？因為畢卡索確實不是根據那些理論去創作的。更何況一件藝術作品，是藝術家生命和內在諸種感覺和思想綜合的呈現，絕對不是幾個理論可以涵蓋和言詮的。本來用原始、單純直覺的美感可以印心的，經過那些複雜的機心和理論的解說，反而變得難以接近、難以理解，甚至於和畢卡索的創作精神背道而馳。就像高更一樣，畢卡索從日趨機巧複雜的歐洲藝術，找到了返璞歸真的藝術之路。他的生命如兒童般充滿活力。他發現了原始、單純的力量，以及豐富、飽滿的生命。

生命是如此原始的東西，內在也是。因為原始所以普遍而龐大。它既充滿了無限發展的本能和機趣，也佈滿無窮的歧途和困惑的陷阱。藝術家既具有發展獨特的生命和藝術的衝動，同時也具有將之統合於自己完整的生命想像的內聚的本能和力量。我以為藝術家必須在內在掌握這兩股力量，其次才談得上表達技巧的掌握。然而，這種藝術創造心靈運作的內在性，旁人是無法看到的。只有對自己內在有所體察的藝術家，才會覺察到這個內在的創造機制。但是這種創造的機制是藝術家內在自發性的趨向，而非有意的操作。它可能是在創作中自然養成的自我滿足的習慣，而不是藝術家藉此以創作他的藝術。所以那些知其然而不知其所以然的創作者，他的作品的評價也不會因而有所減損。

同樣地，從原始、普遍而共通的人性，發展獨特而跳脫的生命和藝術的同時，詩人亦掌握著一絲自己和別人未曾發現的關聯性和統合力。這個關聯性的發現是他跳脫的起點，也使得他的跳脫具有可以理解的意義和目的，並且使這飛躍最終得以統合於自己的生命想像中，使得生命更為活潑、更為細緻、更為深刻、更為豐盈飽滿。這種既跳脫而又統合的創造，是詩人心靈內在不可見的運作。他跳脫的距離愈遠，他所需要的統合的力量也愈大。詩人所創造的差異越大，而他所掌握的關聯性越是淺顯普遍而被忽視，作品所創造出來的張力也就越大。一首詩的震撼力，取決於這個張力的大小。不能創造差異的作品，是毫無張力可言的。

不管詩人的理念或意識型態有多麼正確，如果不能創造差異，重複寫著千篇一律的東西，那就不是創作。然而，如果缺乏真實而豐富的內在，只求標新立異，寫出沒有真實的關聯性而又缺乏統合的東西，那也只是一堆自欺欺人的虛假文字。通常只要追問其內容和意旨，便很容易就能戳破其虛假。

大家都有感覺，但不是人人都會思考。豐富的內在和強大的心靈力量，來自生命的經歷和淬煉。但是一方面又要懂得如何保持單純而原始的童心。蒼白的生命、陳腐的生活、缺乏內省而虛假的心，無法構成一個創造性的內在。藝術創造需要強大的生命能量，如孩童般充滿活力和機趣的生命力。難道一般人不也應該如此嗎？藝術家賜給我最寶貴的啟示，莫過於創造性的生命。一種探尋存在的意義和自我完成的生命。一種燃燒著熱情的生命。

詩人札記（三十）

清醒的存在得加上夢的存在，才是完整的存在。而詩就是這完整的存在。

人類的意識，有三個狀態，那就是：清醒狀態、睡眠狀態、以及冥想狀態。一般人都知道前兩個意識狀態，但冥想狀態是內在修煉者才能掌握的境界。一般人在清醒時，在社會化的過程中，被壓抑下來的一些欲望、羞恥、罪惡、痛苦和各種情感，會變成潛意識隱藏起來。它隱藏得那麼深，有時連自己都不願意知道或羞於承認，以至於自己也不知道它的存在。其實潛意識在不知不覺中往往才是左右一個人的性格、思想和好惡最大、最真實的力量。但它卻深深潛藏於意識的底層。這就是所謂的潛意識的冰山理論。或許是一種生命的設計，人類必須藉著睡眠鬆懈情感和理智的壓抑，讓這些潛意識以各種合理或荒誕的夢境釋放出來，才能維持心理的平衡和健康。然而這些對自己影響最大，甚至於是最真實的自我，在睡眠中以夢的方式浮現時，人們往往無法在睡眠中察覺。即使睡醒時偶而記得一些夢的片段，大多也不能理解它對自己的意義，或因為覺得荒誕而不認真細究。因此西方精神分析醫師多數認為人沒有辦法對自己進行精神分析。對一般人來說是這樣沒錯，但是經過修煉，一個人不但比較能察覺自己清醒狀態下的意識，甚且還能發現捕捉自己的潛意識。我反而認為自己才是自己最好的精神分析師。因為只有自己才真正知道自己內心的種種隱私、欲念和情感。最能瞭解那些荒誕的夢真正的起因和糾葛，以及對自己真正意義的那個人，就是你自己，而不是醫生。但是想要能夠捕捉自己的潛意識，並對自己的夢加以分析無誤，我們還需要某種程度的慧根和修煉。除了極少數的天才，這種能力不是與生俱來的。但是作為一個平凡人，能夠透過學習而得到這種能力，其實是一種幸福。我們從被生下來開始，就學習著各種知識和智慧。但是對於影響我們最大的潛意識，我們反而一無所知，也不知道如何修煉。藉著修煉而得以進入冥想狀態，使我們能在維持清醒的意識狀態同時，藉著意識的鬆綁和自我的放空，讓潛意識得以如在睡眠中一樣被釋放出來，而這個浮現的潛意識便得以被我們仍然清醒的意識所觀照。我們還比較能夠記住夢境或比較認真看待那些初看覺得沒有意義的夢境，並且用心反省清洗那日久累積的潛意識黃金和垃圾，核對自己生命的情感、經歷與夢境的虛實和關聯。而到了一個更高的階段，修煉者可以在清醒狀態中就掌握自己的起心動念，對自己的心念、行為做觀照和控制。那麼就不會累積潛意識，心地自然清淨，自然也不勞日後再辛苦地清理了。早期超現實主義者藉著酒精或迷幻藥來麻醉自己或釋放自己，都只能算是一種病態的手段，得到的也只是短暫的放縱和虛幻，不是真實的潛意識，也不能真正分析了解自己的潛意識，發現真實的自我。自從佛洛依德發表潛意識學說以來，作為影響現代藝術最深、最廣的超現實主義，已經將近九十年。雖然「超現實主義運動」在一九六九年宣告結束，但是或許由於不知道如何探索捕捉潛意識，不瞭解超現實主義追求的真正精神所在，台灣有滿多人還在盲目做著超現實主義的摸索和玩弄。甚至於還東施效顰，否定內容的重要價值，而專學外在荒誕無厘頭的拼貼。因為詩涉及語言和意義，這種枉然的實驗和輕浮的玩弄，也就特別會顯示出他的幼稚和虛假來。這是對詩的一種誤解和褻瀆。也是對自己和讀者的大不敬。

潛意識並不意味著都是荒誕的東西。它們甚至比現實更真實，只是你一時無法看清它的變貌和種種關聯以及如何處置而已。修煉者到了一個階段，往往就比較能了解那些夢境和潛意識的真實意義。這時修煉者對自己的生命和世界的虛幻就能看得更真切，相對地對自己的內在和外在大千世界會產生一種澄澈的靈視而變得鮮明、細膩而豐富。潛意識也不意味著都是負面的東西，也不是和現實背反的東西，最多只能說表面上看起來荒誕不經而已。事實上潛意識的探索是人類超越社會道德、倫理等外在的束縛而認識真實自我的一個自覺運動。「超現實主義」Surrealism 一詞應該理解為「比現實更真實」的主義。而不是超越現實或否定現實的主義。有時一些偶然深深刺入心靈的情境或官感或語言或念頭等等刺激，在還來不及參透其意義或無法加以歸類對待時，暫時被儲藏在記憶的深處。也可能是一個謎，或美麗的幻想，或痴心妄想，這種種複雜奇妙的東西，也不僅僅只是像倉庫裡的堆棧，任其遺忘或腐朽。這些東西還會在潛意識裡互相產生化學作用一般，變出新的東西和花樣來。而這些東西和意義，你將會發現它們如何地關聯著、影響著你的存在，並且如何地豐富你的生命，如何地使你的靈性更加細緻。當然有時也會產生虛幻或干擾。這時就需要作一番潛意識的清理了。這種工作其實是一種很好的修煉，可以使自己的心靈日益敏銳而清明。而且對虛幻有更深刻的認知。這些痴心妄想和迷幻有時也具有一種野馬般的創造力，但是詩和藝術所需要的創造力是一種可以控制的靈性力量和藝術，而非病態的瘋狂和虛幻。詩和藝術的創造藝術，就好像在於如何將這野馬般的創造力，變成千里馬一樣。

如果對自己內在的意識狀態有所體悟和掌握，就會覺察詩是如何地活在我們的生命中。不管是做為認知主體的內在或作為認知客體的外在世界，都是那麼豐富而氣象萬千，真正的詩根本就不需要扭捏作態，故作高深，或譁眾取寵。作為思想的載具和表達的媒介，語言在詩的創始階段就已經扮演著主角的角色。我經常可以聽見我自己的思想或思緒在我的腦中以我自己的聲音獨白著或和自己對話著。我就是這樣觀照著自己的心念和意識，並在靈感來臨時，就從內在掌握了詩的語言。其實我們生命中所經歷的種種，不管是自我存在的感覺或意義的認知，或生命的信念，乃至於人與他人、人與大自然或人與神之間的關係和意義，都有賴於語言內在的運作才能進行。在這種自覺和認知之下，你就會知道語言是絕對不可以隨便玩弄和扭曲的。因為在你玩弄扭曲語言的同時，就已經對自己的存在和心靈加以扭曲和污染了。同時也是對他人的污染和玩弄。詩對我來說，是如此深刻而真實的東西。詩的寫作，讓我深刻地觀照審視語言和存在的根源和感情的虛實。因為在意識三種狀態的穿梭和體悟，詩意常常是以靈感的姿影翩然現身而一再地更新了我的生命。我夢我詩故我在。清醒的存在得加上夢的存在，才是完整的存在。而詩就是這完整的存在。

詩人札記（三十一）

優先於表現，詩人最重要的工作，在於悟解；詩的最高價值，不在娛樂而在於昇華。

村野四郎在〈現代詩的探求〉中寫道：「詩人對語言機能的領域了解越深，也就是一個越優異的詩人。因為那些了解的廣度與深度意味著詩人的表現力。所以說賦予詩人最重要的工作之一，就是探究語言的領域也不過份吧。」

對於作為工具的語言，詩人當然應該對它的機能要有深刻的了解。然而我認為了解語言機能乃至於掌握表現力，在詩的創造過程，應當是屬於後段的工作。雖然語言在人類感覺、認知乃至於思考的最初階段，就扮演了認識、捕捉、符代、思考和組織的工具的角色，如果把語言在這一階段所扮演的工具性角色也算在對語言機能的了解的話，那麼在這階段之前，詩人的創造，還存在一個詩意如何在心靈產生、醞釀和運作的初始的奧祕。詩人是如何具有異於常人的敏銳而細膩的心靈，使他能夠去感知、發掘存在於大千世界萬物萬事中的詩意；如何從千變萬化的命運和生命的對應中，提煉出深刻而豐饒的內容和意義；或者更甚而想像出從未存在於以往的生命想像中的東西來，這樣的心智能力和生命內容的涵養和悟解，才是更為根本的詩的源頭吧，才更是一個優異的詩人所必須具備的稟賦和條件吧。如果生命沒有這詩意和內容，詩人拿語言要表現什麼呢？打個淺顯的比方，就像一個鋼琴演奏家如果沒有一個偉大的曲譜，他能彈奏出偉大的音樂嗎？詩人應當更像是作曲家而不是演奏家，雖然他或許往往也擅長演奏一種或數種樂器。但是他不必會演奏所有的樂器，而只要能了解它們的特色，就能把它們組織起來，創作出偉大的音樂。而音樂如何從內在醞釀發生，則是一個值得探究的奧祕。

雖然這樣，作為認知和思考的工具，如果詩人擁有語言的敏感度、精確度、靈活度和豐富性，對詩意的激發和捕捉乃至於思考和組織，還是從一開始就有決定性的幫助。有些時候，當那已經涵養成熟的詩意和語言幾乎同步產生時，我們或許就不能分清何者在先、何者在後，或者感覺像是因為語言成熟而詩意才誕生一般。即使看起來和語言似乎一起誕生的詩意或悟解，被我們視為靈感的東西，到底在詩人的生命裡是經過怎麼樣的醞釀，已經醞釀了多久，唯有對內在有高度自覺的詩人自己知道。因此，嚴格說來，這詩意和內容在我們生命中的涵養和熟成，應該是先於語言的一段漫長而複雜的過程。所以才有詩有賴於經驗者多於情感的說法，雖然經驗與情感也是互相作用提昇的。Rainer Maria Rilke "INITIATION"一詩就對詩的創造過程，內在和語言如何產生、熟成、捕捉到詩意而建構起一個全新的世界，有很清楚的披露。先是詩人從舊慣陳腐的房屋向夜晚走出，因為看見一株兀自佇立、纖細的黑樹而觸發靈感，感到一個全新世界的完成，卻仍在成長，有如一個字語的熟成，仍在心中玩味沉吟而未被說出，因為詩人還在用意志捕捉真確的意義，直到意義被詩人捕捉，新生命的頓悟就使本來倦怠無趣的雙眼輕柔地看見新世界自由自在的機趣，而不是被語言定義所僵化。對於創造過程的始末說得非常明白。這首詩用了很多意象和隱喻，實踐了詩語言最高程度的精確和意象的象徵活化作用。他所用的每一句和每一個關鍵字，從頭到尾在意義上和情感上都互相精準關聯。為了方便讀者參考，我將抄錄該詩的英譯於文末。

藉著文字外在的形式，讀者才能看見詩意，但是詩的發生和形成是頗為內在的。如果詩人對自己的內在有自覺，對語言的生成和運作有自覺，那麼他在寫作的時候，應當會因內在的自覺而檢驗語言的真實性和有效性；同時也會因為語言被磨練得更為敏銳、精緻、豐富而靈活，而更能刺激思考和感情，探觸存在更深刻的內在和意義。這一段交互作用的過程，也是感性和理性高度融合的過程；是語言和生命內在互相提煉的過程。所謂的表現力，應該可以說是這個過程產生的結果。雖然有些詩的產生，這種過程猶如電光火石般在一瞬間發生，但也有很多時候詩並不來得這麼容易。就如我們生命的成長過程，我們的心靈是不斷地在矛盾和衝突中取得悟解和平衡，在迷惑和困擾中找到生命的出口的。我們的詩自然也是這樣創造的。人生很少完美，我們的心智也很少完美，至少一開始就很少完美，甚至於永遠也不會完美吧。上帝創造的世界並不完美，所以人類需要奇蹟、科學和詩。詩人憑著敏銳細膩的心靈和高度想像的心智，在迷惑、痛苦、衝突和困頓的人生中，不斷化解、昇華、深化並豐饒生命的詩意和內容，去彌補生命的缺憾，結晶出璀璨的星星。相較於個人技巧和才華的表現，對詩人和人類來說，這是更為重要的價值吧。因此我認為，優先於表現，詩人最重要的工作，在於悟解；詩的最高價值，不在娛樂而在於昇華。（然而這也不意味著技巧和娛樂的否定。）他的詩的品質和價值，亦當以此為衡量的標準。至少，我對自己的詩是這樣看待的。

就因為詩人是這樣必須去為粗糙、陳腐的生命以及迷惑、空洞的心靈尋找並注入意義和美；是向著黑暗和空無把自己投擲過去的生命工程。這非但不是一般人享受的美好詩意，反而毋寧是一種痛苦的掙扎。當然果實也可能是美好的。'The poets are not at all poetical. He is the most unpoetical thing in existence. He has no identity. He is continuingly filling something more to the body – The sun, the moon...' John Keats 會這樣說，我一點也不覺得奇怪。如果以世俗一點的眼光來看，John Keats 八歲時父親意外墜馬死亡，十三歲時母親死於肺結核，二十一歲開始寫詩期間一直照顧患肺結核的弟弟，兩年後弟弟死亡，他自己也開始出現肺結核病徵。因為貧病交迫，也無法和相愛的女友結婚。二十五歲時為了躲避致命的嚴冬，他在幾個熱心朋友的資助下，遠渡義大利養病，而於二十六歲病死異鄉。這樣命運坎坷，貧病交迫，生離死別的生涯，可一點也不浪漫。這個病軀只及五呎的詩人，是以怎麼樣的詩心來應對這不可抗拒的命運的重壓，如何昇華他痛苦的生命，而結晶出那些詩來的。或許這是對抗命運的英雄式的浪漫，更讓我在讀他的詩的時候，多了一份深沉和複雜的心思，看到了陰影中閃現的異彩。

〔附錄〕

INITIATION

by Rainer Maria Rilke

Whoever you are, go out into the evening,
Leaving your room, of which you know each bit;
Your house is the last before the infinite,
whoever you are.
Then with your eyes that wearily
scarce lift themselves from the worn-out door-stone
slowly you raise a shadowy black tree
and fix it on the sky:slender, alone.

And you have made the world（and it shall grow
and ripen as a word, unspoken, still）.
When you have grasped its meaning with your will,
then tenderly you eyes will let it go…

English Translation by C. E. Macintyre

詩人札記（三十二）

道即邏輯，是自然的邏輯，是和生命血肉相連，
兼具理性和感性的邏輯，有一種原創的素樸之美。

邏輯思惟是人類天賦的一種能力。在還沒有所謂的邏輯學之前，人類就憑著這個優越的天賦而生存發展。邏輯思惟是和他們的生存密切相關，血肉相連的東西，是一種本能。

自然本身就是個大邏輯。每個人都在宇宙的大邏輯和自我的小邏輯的運作下生存了過來。我常常覺得，古時候這種未劃分理性和感性的素樸的思惟，反而是較為完整而平衡的思惟方式。回到這樣原始本能的邏輯思惟方式，可能是回到創造性思惟的原點，而可能得到一種回歸本能的思考力。我往往從古人的生活和思惟中，感受到一種素樸的詩意和

有生命力的思考，一種比較完整的人的存在，比較真實的存在。道的思惟，是從生命內在出發的思惟。

常民的邏輯是在日常生活和工作中得到運用和印證的。如果你到市場去親近販夫走卒，你就會發現他們的思維邏輯能力，一點也不輸給書呆子從邏輯學所得到的死知識。缺少生活經驗的書呆子，就可能會做出為大貓開個大洞，再為小貓開個小洞這樣合邏輯的一百分的答案來。因為他的邏輯思惟方式，是照書本上的題目演練過來的數學公式，不是實際生活經驗的操作。一旦無法找到可以解決生活難題的公式可以套用，他便完全束手無策，因為他已經沒有辦法運用自己天賦的思惟能力去做創造性的解題思考。如果書本或知識邏輯不能幫助我們的思惟能力和創造力，甚至於反而阻礙了我們的創造性思考的話，那就有違我們學習邏輯的原意了。

所以我認為缺乏生命經驗和創造力的邏輯學習，並沒有好處。詩的邏輯思惟，應該是一種和生命血肉相連、和人生經驗血淚交織所產生的具有生命的思惟。

詩人札記（三十三）

一個真的詩人就是好的；而一個好的詩人一定是真的。

馬諦斯（Henri Matisse）對繪畫，尤其是用色原理，有他獨創性的見解。從他的思想理論和他的作品，我看見了一個現代藝術家是如何建構起一個有架構的原創性的藝術。所謂有架構，是指其作品內有根源，外有獨特表現。其獨特的表現，來自他生命內在的核心思想和性格，因而有一種必然性和一致性，絕非偶然、狂妄、散亂的發作。如果缺少這種自己獨特的架構，藝術家可能不是迷失就是因循，或者東抄襲、西拼湊，無法形成原創性的風格。但是我們應該也要知道，理論並不代表架構。一個架構是建立在個人生命內在無形的哲學和感性世界，以及實際作品的有機表現上的。不是無機的堆砌和黏合的。有些藝術家可能不會發表理論，但在他有意識的藝術創造工作中，在他不可分割的生命歷程裡，必定在心中反覆思考著他的藝術創造的意義和價值；到底美是什麼？應該如何表現？在這當中，藝術家的性格、思想、感性、生命的經歷以及環境的影響，必然也在無形中滲透到他的創造中了。一個真正的藝術家的生命，就算只是純粹出於遊戲的衝動而創作，這些生命的有機組合，如果能形成屬於他的藝術原創性的主軸，從而表現在他的作品和生活上，那麼在實質上，他就已經建構了一個專屬於他個人的架構。

如果沒有這實質的架構而抄襲別人的理論或表現形式，那麼這種作品就會缺少生命真實存在的必然性、一致性和有機性。這個道理是很淺顯的。

用現成的顏料去調出和自己肉眼所看到的風景、靜物或人物的色相相同的色彩而加以描繪；譬如說樹是綠的，各種各樣的綠；天空是藍的，各種各樣的藍，還有光影加諸其上的種種微妙的變化……等等，這本是很自然而順理成章的作法。事實上我們眼睛所看到的世界的色相，是很混雜而變幻不定的。這自然存在的色相，是美感無窮的泉源，它施加於藝術心靈上的意趣和感受，也是變化萬端的。絕對夠一個藝術家玩味一輩子。但是這樣的用色，某種程度上可以說是自然的模仿，有如拷貝一般的動作。馬諦斯思考了這個問題。

馬諦斯主張繪畫是「情感的」重於「理性的」。他的用色是基於藝術家自己主觀的認知和「情感的」需求，而不是服從「理性的」唯物客觀的現象。他試圖超越不假思索就精確模仿自然的色彩描繪這種「理性的」作法，而給自己一個思考和創造的可能性和空間。這使他終能依循自己的美感和情感，解脫了肉眼所見「唯物的」、「理性的」、「客觀存在」的束縛，建構起他獨特的美感世界。他認為畫應該給人一種寧靜、喜悅、舒服的感覺（這就是他的情感需求）。因此在他的畫裡，他大量使用顏色鮮明的原色，這些色彩既強烈對比互相輝映、生動活潑，而又顯現出單純、樸拙、和諧、寧靜，達到他所想要的美感經驗和世界。因為這樣的主張和表現，使他的畫帶有一種裝飾性。但是這樣的美感經驗和世界，在他的心裡，已經達到了一種宗教的境界。雖然他並未皈依宗教，他晚年最重要的作品卻是為聖多明尼克教會的修女院教堂做裝飾。他用鮮豔的原色、強烈的對比、樸拙的剪紙造形，構成他所要的宗教境界。他為自己不是教徒而設計教堂提出解釋說：「我一向以自己的方式來讚頌神與其創造物的榮耀」。我們都知道，教堂一般都顯得嚴肅而古板。高第在設計聖家堂用盡想像、大興土木就想改變宗教給人的刻板印象。馬諦斯卻以他原創性的藝術觀，創造了一個寧靜、喜悅、舒服、而現代感活潑的近神的宗教境界。宗教帶給人的，難道不就是寧靜、喜悅、舒服、重生的感覺嗎？就如他所建構的藝術架構，他保留了個人未皈依的信仰自由，卻能以活潑自由的詮釋，創造出現代感的神聖性的境界。就像他為各自擁有強烈存在的原色，找到互相輝映而又和諧共鳴的架構一樣。除非具有內在精神的創造性境界，光從外在形式拼湊是無法達到的。藝評家創出「野獸派」這個名稱，而做為領袖的馬諦斯被稱為「野獸之王」。作為對生猛的創造力和大膽狂野的表現形色或許恰當，但似乎未能彰顯他所達到的宗教般的精神境界。而所謂「情感的」，絕非世俗化、個人情緒化這樣膚淺的層面，而是可以達到這麼高的精神境界。

從馬諦斯的藝術創造，我也領悟到個人主義在歐洲現代化中精彩的進化。就像那些色彩鮮明的原色，每個人忠於自己，保持自己的個性和風格，而在群體中平等對待、尊重個人自由、坦誠相處、依法而治，終能產生一個自由、平等、誠實、進步、活潑而和諧的國家和社會。這和築基於儒家價值觀和家國威權結構的醬缸文化所造成的人際關係的虛假和個人思想和創造力的壓抑，是多麼的不同。我覺得西方現代文明的優越性，是我們必須承認學習的。

而詩人更應該忠於自己，真誠表達自我。絕對不可變成陽奉陰違的兩面人，混淆了是非而猶為自己做人的圓滑而洋洋自得。甚至於還要將這種腐敗的醬缸文化強加於別人身上，久而久之，內在詩的精神就會在不知不覺中腐敗墮落。一個好的詩人，一定是真；而一個真的詩人，就是好的。在我們這個充斥著虛假風氣的社會，更是如此。這是根據內在經驗得到的體悟，絕非信口雌黃。

文字之於詩人，也如色彩之於畫家一樣，每個字詞都有一個或數個定義，但在不同的時空和不同的上下文中，會有不同的意義，詩人甚至於還必須賦於獨特的感情和意義。如何用最純粹而精確的字詞（就如色彩鮮明的原色），組合創造出既精確表達而又韻味無窮的詩來，這應該是詩人內在精神所架構出來的有機存在吧。如果沒有這內在精神的自覺和架構，而胡亂拼湊不合理性也沒有真實感情的文字，就像一幅胡亂堆疊顏料的畫，就算不刺痛觀賞者的眼睛，至少也是一幅虛假的沒有意義的畫。詩人絕對不可以被文字套住思惟，而應該對自己的內在有澄澈的自覺，忠於自己、掌握自己，進而透徹發現外在世界的真實，這樣才能知道要表現什麼，如何表現，進而尋找適切的文字，掌握文字，而不是沒頭沒腦地一開始就被文字套住，或胡亂堆砌文字。而讀者也應該要養成追問一首詩的內容和意義的習慣，才不會被那些虛假的文字遊戲所迷惑。對這種詩我是避之唯恐不及的。

詩人札記（三十四）

水中撈月，竹籃打水，不亦詩乎？

麻木不仁或私欲熾盛者，固然清明蔽塞，不能得道，但是若有染著甚深的覺有情菩薩，不也是心有罣礙，而無法成就心地清淨、自由自在的佛果嗎？如畜牲般冥頑不靈或私欲熾盛，固然無法開啟靈性，看見更真實、更永恆的世界而頓悟，得到詩意的救贖，但是如果達到心地清淨、無所染著的佛境，那不就心無罣礙、萬緣不生、萬念俱寂，云何有詩？或許答案就是金剛經所開示的「應無所住而生其心」吧。如果照字面的意思，佛應仍會生其心，只是卻不會從執著之處發心，或用執著僵化的習氣而生其心。詩意的發掘和產生，正好跟這個開示不謀而合。詩人之道，也正如這覺有情的菩薩道吧？所謂詩心，就是那「應無所住而生其心」的心吧？為了生出詩心，就應「無所住」吧？為了「無所住」，就應該破除我執吧？為了破除我執，就應該覺受敏銳，發菩薩心，戳破種種我執，才能生「其心」吧。而所謂菩薩心，應該是悲智雙運的心吧。

這全部都只是一個過程，而非究竟。回想詩裡的種種痴迷、虛妄、顛倒夢想，或偶然的頓悟，不就是這個過程嗎？人生的狂喜和折磨，有如水中撈月、竹籃打水，不亦詩乎？

詩人札記（三十五）

藝術裡的詩意，和詩的藝術性，是一種相同的抽象存在。

從繪畫或雕刻這些視覺藝術作品上面，看見筆墨、形色、構圖、光影等肉眼可見的表相之外所具有的一股存在的無形的「氣氛」或「精神」，可以視之為「抽象」的存在。但是這和「抽象畫」的抽象是不同的。抽象畫的抽象，是因為所畫的題材，不具有大家可以共同辨識的具體形象。它或許在抽象的題材所表現的形色、構圖等表相之下，也可以具有某種藝術的精神或氣氛。但是如何在具象或寫實的作品裡，創造出這無形的、抽象存在的精神或氣氛，而能為觀賞者所鑑賞出來。這就是繪畫裡的詩。

音樂已經是很抽象的藝術，但從音樂的各種組成和演奏中，也同樣存在著一種抽象的精神和氣氛，這就是所謂的「弦外之音」。是比肉耳聽覺更深層奧妙的心靈的聽覺。是音樂裡的詩。

同樣的，用具有意義的文字所寫出來的詩，雖然具有字面上可辨識的意義或形式，但是詩亦應創造出一種「抽象」的共同可以感覺到的動人的氣氛或精神，或者象徵。這就是所謂的詩的藝術性。

這種可以意會而難以言傳的東西，我認為就是藝術共通的東西。詩人或藝術家創造力的大小，就取決於對這種抽象的東西的捕捉和創造的能力。現實和具體的存在，是很強大的存在，如果能在這個強大的基礎上，挖掘到更深刻而未被人所發現的精神或境界，那就可能創造出偉大而有說服力的藝術來。但是，現實往往是一個囚牢。需要具有強大的創造力的詩人和藝術家才能突破這個牢籠。一切都取決於創造力。

詩人札記（三十六）

藝術家所追求的是藝術的精神和內容，不在炫耀技巧。

藝術家透過他所用的媒材想要表達的藝術，可能是純粹對「客體」的描寫，或者是對「客體」的情感或創見的表現。也有人是純粹表達自己的內心世界，把自己的內在當作一個「客體」而加以描繪。

從藝術家的描繪動機和目標來看，這個客體才是藝術家所要掌握、所要表現的核心，也是藝術品被創造出來的主旨所在，和必須被認知的重點。才是瞭解和詮釋這個作品的內容和價值以及藝術家的藝術精神的核心。根據這個核心，接著才能認定為了達到這個精神或內容的掌握或表達，藝術家所採取的技巧和形式是否洽當，效果如何。甚或可以檢驗藝術家所選擇的「客體」適不適當，或技巧形式能不能與之一致。

因此，藝術家所要追求表達的東西，也就是一件藝術品的核心意義和內容，是在這個「客體本身」，而不是藝術家的炫技。雖然技巧是必要的，但卻是隨內容而定的。藝術家不應把技巧或形式當作他的藝術的主旨，或讓技巧扭曲了意義和精神。除非藝術家所要表現的是類似特技或雜耍的功夫，那就另當別論。也有藝術出於一種遊戲精神的說法，在遊戲中以兒童般活潑的心靈去隨機創造，有時反而能存天真而任自然，出現神來之筆。有些時候，藝術家也不一定是胸有成竹才會動手。在一切都還不明確的時候，藝術家也常常會先動手。往往動手之後，靈感和想法才活躍起來。藝術也往往是一面作、一面發現的。

詩的創造也是一樣，不能以技巧或形式作為先決條件，或把技巧和形式作為詩的追求目標。以原始藝術或兒童繪畫為例，我們往往會略過其樸拙的技巧，清楚看見他們所要表現的東西——客體。我們不會只因為喜歡一件衣服而穿它。也不會不分寒暑、不分晴雨、或者不分場合，只因為喜歡它的樣式，就穿著它出現在所有的場合。我們總是會依照天氣、心情或場合需要再決定要穿那件衣服。穿甚麼樣子的衣服，可以算是「形式」；而穿衣服的目的、功能和場合需要，就可算是穿衣的「內容」。

詩是高度精神性的東西，而且必須是精神性的，否則它對生命的昇華和進化沒有太大的意義和價值。試想如果詩只是一件漂亮的衣服，或是一頓豐盛的晚餐；或者詩對詩人只是一頂桂冠，或者只像是娛樂通俗大眾的表演，那又有什麼大不了的價值呢。當人類仍然處於蒙昧和野蠻狀態，或仍然依循動物的本能而反射時，詩的精神性，益發顯示其價值和重要性。

詩人札記（三十七）

沒有熱情的生命，不可能產生有力量的心靈。
不攜帶熱情的思考，是淺薄貧血的思考。

詩人的生命是處於甚麼樣的心靈狀態？他的心靈狀態是甚麼樣的組合？肉體上、生物性的一切本能，基因以及命運不可抗拒的現實，心靈如何對應？而其對應的抉擇由何而來？將帶給生命什麼樣的衝擊？這一切都是生命之河泛起漣漪和波濤的風和雨。而這一切波動，都是詩的。現實固然冷酷，但，是什麼力量，能夠在頃刻間轉變我們的心，彷彿人生也轉變了。就如在平安夜的聖誕氛圍中，人如何變得平安而寧靜，足以使任何悲慘的境遇得到撫慰；使鐵石心腸變得柔情。這改變冷酷現實的力量從何而來？要說這是一種奇蹟也可以。心靈確實有這樣奇妙的現象和力量，而這也是詩的。

由於心靈、肉體、欲望習慣性的外馳，我們很難覺察自己的心靈狀態。它是怎樣塞滿了各種欲望、算計和妄想，而這些都把我們帶到痛苦和黑暗的深淵而不能自拔。我們不知道乖離自然有多遠。以致於我們活著，卻好像活在陰暗中蠕動的蟲子。我們忘記了天空的存在，忘記了星星、月亮和雲，甚至也忘了太陽，還有那悠悠的河流，而風是如何地吹拂著……

如果我們的心靈有那麼一刻，在突然間覺醒過來，發現這一切的龐大和單純，而重新感到生命的豐饒和活力，對我們痛苦而不幸的境遇和心靈，產生一種奇妙的寧靜和自信，而這一切也都是詩的。而我們竟突然間就擁有了這一切。詩人能創造出這些來嗎？

詩人在感知現實的冷酷的同時，產生一種因之而起的超越的生命的想像。他所認知的現實越真實，他的超越的想像的基礎就越堅實。如果他的迷惑是超級的迷惑，那麼他的覺悟也將是超級動人的覺悟。就是這樣的反差，使得我們生命的色彩愈加顯得鮮明而強烈。因此可以說，心靈力量的強弱決定了詩的力量。是心靈狀態主宰著詩人的生命和他的詩。是先於語言的存在。然而，心靈的力量從何而來？

沒有熱情的生命，不可能產生有力量的心靈。不攜帶熱情的思考，是淺薄貧血的思考。而力量可以是溫柔的。就如銳利的刀鋒，恆收藏於慈悲的劍鞘。詩人是從水裡來，往火裡去；是活潑單純如兒童，歷盡滄桑如難民的老人；而他的詩是淬煉過的熱情。

詩人札記（三十八）

詩人和藝術家可能會瘋狂，但絕不可能無感。

德語 Neue Sachichkeit 英譯為 New Objectivity 漢譯為新客觀主義，也有譯為新即物主義者。它沒有一個共同的宣言，也沒有形成一個集團，或推動一個運動。它只是藝術史用以稱呼或識別德國在第一次世界大戰後，威瑪共和國時期前後一些藝術家所具有的某些共同的藝術觀點和特徵。而 Neue Sachichkeit 這個名詞，則來自一九二五年策展人 G. F. Hartlaub 為這個表現主義後的德國當代藝術展所下的標題，用以概括其寫實性和客觀性的風格。其主要畫家有 George Grosz, Otto Dix, Rudolf Schichter, Georg Schrimph, Christian Schad，Max Beckmann 等人。就實質來說，新客觀主義的風格和觀點，在大戰之前就已經開始形成，也不是一九三三年納粹將之貶為「墮落藝術」加以壓抑就終結了的。因為政治有政治的理由，社會有社會的環境，而藝術永遠有藝術自己的觀念和主張。歐洲工業革命和現代化帶來了產業革命和資本主義，進而發生階級剝削、貧富不均的問題；自然科學的日新月異，造成傳統信仰和價值的顛覆，以及各種思想的百花齊放。現代藝術家們也焦躁地衝撞傳統，往藝術新領域作前衛的創作。戰爭的慘烈和敗戰後社會出現的傷兵淪為乞丐，婦女淪落成妓女，還有政治社會種種病態，藝術家當然無法視而不見。所以新客觀主義就有了一個社會寫實的風格，被稱為Verist；而另外一個主題則是傾向永恆美感價值的追求，不管是動人的風景、靜物也好，或者是人物描繪也好，總之是概念上美的追求，而被稱為古典的Classicists。相對於屬於主觀主義的表現主義和超現實主義，新客觀主義的特性是客觀和寫實的。但是，有別於傳統藝術，每一個現代藝術家都應該以單獨的特例視之。現代藝術的理念，一方面在於突破傳統，一方面則在於個人的自我創造。傳統藝術家所追求的，可能是大家概念上或感覺上互相認同的那種美。而現代藝術家不但不追求相同的美或傳統的美感，反而是極力反抗這樣的藝術。所以新客觀主義畫家們，在現代藝術的核心思想來說，可以說和達達主義和表現主義有共同的現代性。無論如何，我認為德國人極為獨特的客觀務實性格，還有尼采等德國哲學家的學說的影響，是讓他們走向這個比其他西方人更加冷然地注視客觀世界和人的存在，而加以寫實描繪的新客觀主義的主要原因。

George Grosz在一九二〇年（這時他二十七歲）就已經寫了“On My New Pictures”的文章，表達必須對以往所具有的種種包括超自然的力量、上帝或天使等舊有的世界觀，加以淨化，才能使人們獲得更加透徹的洞察力，去認知他們和現實世界的真實關係。而在一九二〇到一九二二年之間創造了包括“The New Man”的一系列所謂的automatic pictures自動化或機械化作品。一方面脫離了表現主義和未來主義的內容和形式，而向新客觀主義走出了客觀化和物化的第一步。這些沒有臉孔、肢體不全類似櫥窗模特兒的人形出現在沒有靈魂的風景、工廠或住宅中，好像是一部機器可以替換的功能性的零件一般。他強調他的繪畫可以精準到如機械製圖一般地表現不會被誤解的客體。但是從這些畫看起來，好像他看到了人在社會群體中和工廠生產線上沒有個性的存在狀態，有如工蜂或螞蟻一般的存在。或許這是純粹客觀的觀察和發現，雖然不是一般的寫實畫風，但也沒有表現畫家個人的好惡和情感，而只是把畫家所觀察到的事物更深一層的現象，對事實作客觀的表現而已。這和表達個人情感或情緒的表現主義是完全不同的。但我還是感到一種荒涼和冷漠。而在一九二五年他的七幅畫包括一幅詩人畫像，在以新客觀主義為名的畫展中展出，已經具現了大師級的精準和經典的份量。這個詩人有一個很特殊的外表，好像深深被那特殊的外表下所隱藏的某種神祕的內在精神所吸引，除了背景略為不同，畫家畫過兩幅幾乎完全一樣的詩人形象。雖然這人物不論在外表上或精神上具有相當獨特的個性和存在的特殊性，非常引人注目，但是畫家仍然保持了絕對的客觀精神，沒有涉入個人主觀的感情或意見。可是我覺得他在更大量的諷刺漫畫手法描寫戰爭以及社會寫實的畫作中就表現了個人的情感和批評。由此可見一個藝術家儘管可以保持客觀的觀察，但對於人類的悲劇也不可能無動於衷吧。在一九三〇年一本書的序裡，自承是寫實派的他，有趣而深刻地描述了他作畫的心理狀態。他說「剛開始觀察對象並畫草稿時，是一個最不浪漫、最沒有想像力如醫學解剖般的階段。但是鬼知道是怎麼一回事：當你更仔細地看下去，人物和物體就開始變得卑微、醜陋並顯得模糊或沒有意義。我的批判性的觀察常常引帶出有關於意義、目的和企圖等問題的思索，但是卻很少得到滿意的答案。這就是為什麼和怎麼樣我會畫出那沒有情感也沒有祕密似的塗鴉。人們互相這樣擦身而過，而留下一片空茫，而我試圖盡我所能去捕捉這一切。」他倒是很清楚地解釋了他很多畫中街頭行人的奇怪的存在感。他自稱是個“seeing person”。而他這種客觀的角色和思想，似乎也很有趣地在一些盯著你看的自畫像中，表現出他那奇特的洞察力，更在一九三七年的兩幅畫中很有意思地暗示出來。一幅是“Myself and the Barroom Mirror”在一堆瓶瓶罐罐和扇子等靜物中，畫家的半邊臉出現在靜物堆後面的鏡子中，一隻銳利穿透的眼睛盯著你看，其實當然也正盯著那些要畫出的靜物看。另一幅“Self Portrait with Nude”畫面大部分被模特兒豐腴奔放明亮的裸體背影所突顯，是畫家對著模特兒的背面所描繪出來的，但是在畫的右上角卻從一面陰暗的鏡子中看見畫家好像對著模特兒的正面在畫布上來回探索的眼光。這是很有趣的主客之間觀看的暗示。這兩幅畫很有意思地表現了一個新客觀主義者的觀看，以及「主體」和「客體」在觀看和被觀看之間的關係。或許也有一種偷窺的隱喻。

另一個新客觀主義的代表人物Otto Dix則沒有專文論述。但是他的畫作很多，而且涵蓋新客觀主義所有的面向和主張。藝評家針對他的作品和思想做了很徹底的解剖和論述。他自稱是一個寫實主義者，對於世界的看法，必須眼見為憑。他說畫家是世界之眼，他的職責是教人們去看，以及如何看事物的要點並看出表相之下的東西。並主張藝術家不需因而改變信仰或參與改革，只需作為一個見證者或報導者，而不是評判者。如果是畫一張肖像，最好是不認識那個人。他只想觀看他的存在，他的外在。因為他聲稱一個人的內在，會從他的外在顯示出來。對於自己的生命也一樣，他必得要親自去體驗生命未探測的深度。在繪畫上他主張「客觀、中立、不帶感情」。他的企圖是儘量接近客體，發現其客觀存在的現象和表相下的本質。因為How一定是從What發展而來的，所以How is the What是次要的問題。形式只不過是透過客體而被創造出來的副產品。所以不管怎樣，客體才是主。因為這樣降低其他現代藝術通常所表現的藝術的形式概念、精巧美感的追求，反而使得他的畫呈現某種荒謬感。但也有人嚴厲批評他的社會寫實畫，是略帶文學氣質、冷酷無情的自然主義，並且出於一種恨意、鄙視和破壞性，而沒有建設性的看法。其實新客觀主義其它的畫家都差不多有同樣的「客觀、中立、不帶感情」的態度。而其客觀性背後其實有更深刻的哲學思想。Otto Dix 曾塑尼采像，據說他上戰場還帶著尼采的著作 *Thus Spoke Zarathustra* 和 *The Will of Power* 在背包裡。他的思想深受尼采哲學的影響，應該沒有疑問。尼采的超人觀「認為一般人的平庸，在於他們不了解事物另一面（意即不同的或未知的那一面）的必要性。他們總以為他們認識邪惡並可以戰勝邪惡，但是事實並非如此。所以超人是代表著對存在的矛盾性有深刻認知的人，並以之為一種光榮和正確的特質。」這個說法和老子哲學很像。所以根據尼采的這個想法，藝術亦應當具有這種特質，否則就不是藝術。這樣的思想，可能是新客觀主義所採取的客觀態度的繪畫哲學和心理的基礎。而一九一八年 德國哲學家 Salomo Friedlaender 出版了一本書 *Creative Indifference*（《創造性的冷淡》），根據尼采的觀念，進一步申論創造的哲學。這一本書有關藝術創造的哲學普遍被藝術家所閱讀，所以對新客觀主義的藝術觀，應該有重大的影響。根據他的思想，「創造者是生命各種對立的統合者。他認為生命存在於矛盾中的現象是這種矛盾的兩極性是互相關聯的，而不是不能相容的對立。所以他認為創造是在對立中取得一種動態的平衡，在衝突中創造出和諧，而不是毀掉或喪失任何一端不同的本質。因此，藝術家在創造的過程中，必須保持一種冷淡。這樣的冷淡不是不關心，而是這個冷淡正是對立兩極互相平衡彼此的那一個平衡點。也因此，創造者不能執著於任何偏見。」這幾乎可以說就是新客觀主義的哲學根據。

雖然有藝評家批評新客觀主義的寫實畫，沒有能脫離十九世紀自然主義的寫實作風，也沒有能從「物」超脫。其實George Grosz和Otto Dix的那些社會寫實畫，確實和十九世紀自然主義的畫有明顯的不同。他們的畫表現更多的陰暗和醜陋，讓人看了感到不快和不安。如果說是反映第一次世界大戰的殘酷和血腥，還有德國敗戰後社會的慘況，以及對政客、軍人和資本家的厭惡和批判，這些作品的寫實當然是不會令人愉快的。但是顯然他們對「藝術」也有很不一樣的概念。誰會喜歡陰暗醜陋不祥的畫呢？誰又喜歡咒罵和爭鬥呢？沒錯，一切都取決於藝術家如何「看」。他能視而不見嗎？他能不這樣看嗎？而現代的欣賞者又如何「看」呢？看了又如何呢？將近一百年前的人，就已經可以欣賞這種醜陋的藝術嗎？其實他們很多畫是追求傳統古典的美感手段來表現的。

只是人物題材看了令人不快。在德國，執政者不喜歡這種表現醜陋和頹廢的作品而稱它為「墮落藝術」；在美國，George Grosz在一九三四年移民美國後，也發現美國雖然沒有政治力的壓迫，但卻有市場機制的制約，很難賣出這種畫。而藝術是否能夠得到肯定和風行，很不幸地，卻可能還要取決於大眾的喜愛與否呢。而十九世紀的自然主義只是再現自然的描繪，被現代主義認為基本上缺乏藝術主要的創造精神，而嚴厲地批評為 mindless, soulless and artless. 新客觀主義因為社會寫實的主題，反而能逃過同樣的批評吧？他有沒有喪失客觀性呢？而他又如何找到所謂的平衡的那一點呢？

Objectivity字根一方面意涵著「客觀的」，一方面又意涵著「客體」或「物」的。所以在George Grosz的思惟中印證其畫作和理論，他的新客觀主義，一方面是客觀的主張，一方面又是相當「唯物」的。如果了解到這一層，那麼他的 "The New Man" 系列創作和理論，和新客觀主義的核心精神的關連性也就可以被理解了。而「新客觀主義」這個名詞的定義也就更加能夠被理解了。

一八三九年照相術的發明，當然給於寫實派畫家一個很強烈的刺激和反省。而自然科學日新月異的新發現，也讓人們看見了以往肉眼不能看見的客觀物的真相。客觀存在似乎有了新的內容和深度。相對於東方，西方科學文明本來就比較傾向外在客觀世界的探索。是比較「唯物」的。但是「唯物」也總是有其侷限。藝術也不是科學。到頭來藝術家的創作還是得依賴心靈的「想像力」和所謂的藝術的「創造力」。而這些都是相當主觀的。新客觀主義者除了科學寫實精神之外，並沒有找到發現客觀世界的本質和新意的方法。就像George Grosz自己所描述的觀察的徒勞。他的那些人物也只能「留下一片空茫」。我發現西方的大師能夠對自己的內在有所自覺和掌握的，都是得自天生的秉賦。而東方道術從內在修煉得到的意識的自覺，可以說是自我內在的「客觀化」，是有一套傳承的法門的。因為去除了主觀的我執，會讓我們具有發現事物表相下更真實更豐富的世界，而且能和真實自我產生更為寬頻的共鳴的心智能力。George Grosz也曾說，為了對周遭的世界有更清楚的認識，藝術家必須先要淨化自己的內在。但是如何淨化呢？他們並沒有一套方法。詩的內在創造論所要追求的境界和方法，正是他們所企盼要達到的境界吧。（他們能得到的發現，只是魔術一般神奇變出來的，而非有跡可循的途徑和方法）。我們並不是針對「客體」，反而是從「主體」內在下手的。我相信George Grosz和 Otto Dix在他們的創造中必定曾千百度深入自己的內心，並且試圖將「物」的真相從「心」那裡映照出來的吧。同時他必也用客觀的「物」的觀察，試圖提煉更真實的「心」吧。但是，他也只有「試圖盡我所能去捕捉這一切」罷了。

從一個客觀主義藝術家所描繪的寫實世界或客觀存在，有如透過藝術家的眼睛（一定也還有某種內在的成份）去觀察世界和客體。他們圖畫上所描繪出來的世界和客體，無論如何也絕非我們自己面對同一客體所看到的樣子。這就是有趣的地方。George Grosz自稱是一個seeing person，但是我透過他的觀看（他說是觀看，其實我看到的是他的描繪），彷彿卻看見了他的藝術思惟或藝術心靈的圖像。這不是有一點表現主義的影子嗎？換句話說，我看見的不是那些「物體」，反而是藝術家的「主體」精神，有如米勒的寫實畫所看見的某種精神。這不是很微妙嗎？透過這樣的寫實主義者的描繪來看世界，確實是一種「物」的再生。會給我們一個新鮮而刺激的體驗。既然新客觀主義者想描繪的是如如實實的客觀世界，為什麼我們自己看不出來呢？我一向的信念是，為了成為更好的觀看者，我們必須先得看清楚自己的內在。

所謂藝術，必來自人的創造，而且為人所欣賞。而人的藝術創造和欣賞，是心靈一連串的運作。從接觸、觀察、感受、發想、思考、審美乃至於整合表現而完成一件作品，這個屬於「主體」的人的心靈，能完全客觀嗎？就算有完全客觀的心靈，這個完全客觀的心靈的創造，到底具有（或根本不該具有）什麼樣獨特的審美價值或共通的感情基礎？如果創作者不帶偏見或特殊感情的話，那麼在千千萬萬的客體中，他為何獨獨選擇這一件？而這件作品要帶給欣賞者什麼感動呢？如果不是要帶給什麼人而只是自己的獨白，那麼這個和自己對話的自己也應該算是一個表達的對象吧？如果不是要帶來感動的話，那麼要帶來什麼呢？而個別欣賞者透過這純粹客觀的作品所掌握到的本質，會是一致無誤的嗎？是也不帶感情的嗎？人，應該不是這樣的存在吧？或許這種看似不帶感情的藝術，就像一個很「酷」（cool）的人，看起來很「酷」，往往卻是一種更為強烈的個性表達。

相對於主觀的藝術，純粹客觀的藝術最大的意義，是要帶給欣賞者一個沒有「主體」主觀成見摻雜在內的純粹客觀的「客體」。這個「客體」如果是具有某種意義的本然的存在，那麼它就像沙特所說的是「取之不竭的存在」，而作者是第一個提取者。而欣賞者可以發現它的無盡藏。如果有純粹客觀的心靈這回事的話，或一個能自我察覺而解除主觀意識的偏見的心靈運作是可能的話，這將可能是在所有的藝術表達中獨豎一幟的創造。相對於大部分表達自我的藝術，這種純粹客觀的藝術發想，有一種奇特的、冷然的浪漫，一種幻想的，不可能的可能那種浪漫。有如上帝眼皮下的世界；或者有如機器人或複製人眼中的世界。那將是什麼樣的景象？

完全抽離自己小我而掌握到的「客觀」和本質，或許會成就大我的普遍和超然吧。但大我難道不也是包含了許許多多大部分是相同的小我嗎？而小我難道就不能通向或達到大我嗎？與客觀存在的世界接觸、對話，試圖參透其龐大和奧祕，一個純粹客觀的無我的心靈，或許對客體將具有更強的穿透力和領悟力。但是一個自覺性很強的主觀意識，經驗豐富、心胸開闊、心智活潑的心靈，應該也能摒除自我的扭曲而客觀地掌握純粹客體的存在和本質吧。這是一種互相鑑照的心靈的運作吧。

沒有「主體」的存在，也就沒有與之相對的「客體」的存在的意義。所以客觀主義是無論如何也無法擺脫「主體」的。差別只在於這個「主體」的心靈能客觀到什麼程度？為什麼要這樣做？能掌握「客體」的哪種本質或哪種不同的美而已。其實極端一點說，新客觀主義連「不同」或「美」這種帶有主觀意識的判斷都不應該有的，不是嗎？但這是可能的嗎？

透過自我解除主觀感情和偏見的意識，以冷然、客觀的心態，有如科學家檢視「客體」而試圖知道其現象和本質，是非常「唯物」的。如果不是的話，「新客觀主義」的「客觀」的表現，仍然必須表現出藝術家所掌握到的隱藏於現象或表相下的某種屬於主體的精神的本質。這個隱藏的本質，或細微或巨大，必然是和一般肉眼所見的表相有所不同，反正存在著「新客觀主義」藝術家所探觸到的一種非唯物的精神或本質。這樣意不在表現自我，而是著眼於客體的本質或精神的挖掘的藝術，雖然含有主觀意識的心靈的運作，但卻以科學態度或「宇宙心靈」來觀察對待客體，應該是「新客觀主義」比較實際的心靈運作狀態吧。而產生於主觀意識中，純粹想像的「擬客觀存在」，也能被當作一個「客體」而予以處理的吧？這是「新客觀主義」不會自我設限的題材吧？

所有的事物都不像表面上那麼單純。一個橘子、一枚硬幣、深夜街頭的小孩、傍晚獨自飛過天空的鳥、一場雨、一個眼神……。這一切表相的存在，都潛藏著一股隱形的流動的歷史和戲劇以及可能性。那是一個遠比表相或現象更為龐大、更為複雜交錯的本質的世界。而這也是我們想要看到的更深邃而根源的本質和詩的世界吧。如果「新客觀主義」所能帶給我們的，只是純粹的「客體」，那麼難道它的藝術只像是把一顆橘子擺到我們眼前這樣的創造嗎？「客體」的意義，也不是單獨存在的意義，它會因為與其他各種不同的「客體」相遇而產生不同的意義。在不同的時空和不同的焦點下，同一客體也會有不同的意義。所以如果「新客觀主義」沒有提供這樣的組合，單獨的客體是沒有辦法被理解的。而這種組合的安排，能夠排除主觀意識的運作，和意義的探索嗎？或者是，「新客觀主義」者發現現象和本質有很大的差異，或者發現自我意識的不可靠和模糊，而暫時對這個深邃的世界採取客觀、中立、不帶感情的保留態度嗎？其實「新客觀主義」基本上是一個新的「寫實主義」。而寫實主義者雖然忠於客體的描寫和表現，但是他們總是發現，如果他們繼續對客體加以審視，往往會看出不一樣的東西來。因此「客觀主義」對世界的看法，永遠是未完成的。所以有人說，不管多久之後，寫實主義永遠都會有新的寫實主義出現。如果「客體」是不變的，那麼改變的就是「主體」囉！

不管是「客觀主義」或「主觀主義」，無非都是心靈的運作。這個原來是哲學認識論的兩個相對的觀點和態度，好像是對立的兩極。但是，在我自己的心靈的運作經驗裡，主觀和客觀是並存不悖、相輔相成，統合在自己的心靈運作中的。一個對自己的內在意識有高度覺知和掌握的心靈，自我的主觀意識會被自己所觀照，並同時會運作起客觀的知識和經驗加以辯證，從而得到一個能同時滿足主觀和客觀的心智和答案。詩人的心靈結構，應該具有強大的主觀和客觀的運作能力的心智，而且是感性和理性也同樣強大而完美融合的心靈結構。詩人和一般人一樣，是有體溫、有心跳、有感情的肉身，不是機器人。我們不可能完全客觀，但是我們也不可能完全主觀。我們總是試圖在「主觀」和「客觀」中求取平衡或融合的。無論如何，藝術到底並不是科學，而且是比較個人化的。人，會高興也會生氣，會笑也會流淚。詩，應該有體溫，也不該只有一種表情。詩人和藝術家可能會瘋狂，但絕不可能無感。新客觀主義藝術家們雖然想在兩極中追求客觀的平衡點，卻反而可以說是把自己推到一個極端去從事創造。這不是很奇怪的現象嗎？或許正如尼采所說的，事物永遠有另一面的存在的必要吧。

詩人札記（三十九）

詩意是活的，語言也必須是活的。

有人教你寫詩的技巧，我卻只求內心的真誠。所謂詩的靈感發生時是什麼樣的感覺？我覺得那有點像在摔柔道時，將對手摔倒那一剎那所抓到的著力點那個感覺。找到那最適切的字詞，就像抓到那著力點的感覺。

不管你是用嘲諷或玩世不恭的口吻，或用多麼嚴肅、誇張的語氣，詩意都必須出自內心的真誠。如果不是出自內心的至誠，鬼才相信你的詩。要不是這樣，那就是讀者上當受騙了。搞不好你也被自己內在不自覺的虛假所騙。

如果有所謂詩語言的技巧，我覺得最重要的莫過於對語言和真實

（客體和主體的事實）之間的契合或張力的自覺。嚴格地說，在詩的創作中，每一個字、每一個詞，在每一首詩、每一個情境中，都具有新的意涵，都只能使用一次。就像調色盤上的顏料，特定的顏色只合用在特定的畫中、特定的角落或構成，而且都需要重新調色。

我們應該敏銳察覺，對思想或事物新的經驗和認知，不被語言的定義所僵化。語言是語言，事物是事物。它們只在你思想或情感上完全契合或得到象徵時，才具有真正的意義和生命。你心中必須保持警覺，如果你的語言一旦僵在你有限的、死的認知時，那麼這個死的語言和你所要捕捉、表達的詩意，絕不可能完全契合。這個語言的敏銳度和心的敏銳度是相同的來源。所以每一個詩意、每一首詩的創作和表達，我們都必須重新尋找新的語言意涵和語言組合，以及新的語言情態和表達方式來重新感受、認知、定義存在和虛幻，描述自己和萬物、情人或仇敵、風景和季候……每一次的語言都必須和這些千變萬化的情境相符，才算是有效的、真實的語言。

如果你的心靈能保持這清醒和敏銳的知覺，時時檢驗你的語言的真實性和有效性，這就保障了語言在你心靈中的活化和彈性，也保障了語言不會扭曲你的認知和事實真相，當然也同時保障了你的性靈的真誠。

詩人札記（四十）

詩意來自生命的經驗。

雅馬全神貫注地追捕著獵物。應該是有那獵物的。那可疑的氣味、那震耳欲聾的槍響、那殺氣騰騰的獵人。但是在一陣瘋狂的追逐之後，牠並沒有找到獵物，而被其他的什麼給吸引了。牠吐出長長的舌頭，猛烈地喘著氣，兩隻棕色的眼珠子，時而看著獵人，時而靈活轉動四顧，帶著一種想要跟人互動的興奮，瘦勁的腰腹因猛烈的喘息而起伏著——那屬於獸類的青春期的性感。這一切因暫時的歇息而轉向思考——

雅馬——YAMA日語是山的意思，但牠是體態修長優美的山，有著白底棕斑的英國獵犬。我小時候並不懂這個日語的意思，自己給牠翻譯了這麼一個可以類比的名字。牠真是一隻好狗，應該被尊稱為狗小姐，而且還是處女。在我們那窮鄉僻壤的小鎮，實在沒有可堪匹配的公犬。牠那又長又大又柔軟的耳朵，優美垂下或輕輕甩動，看起來更加淑女。但是牠在這場瘋狂的獵殺中，完全展現出凶猛和陽剛，一點也不淑女。卻也無愧山的偉稱。

這場狩獵因何而起？這場追逐的緊張和狂熱，以及一無所獲的徒勞，令人開始懷疑這一切的意義為何。好殺嗜血的獵人、被追殺的獵物、顯現出掠食者本能的雅馬，這世界有沒有另外一種秩序或戲劇的可能？

如果從一開頭，根本就沒有那獵物的存在，那麼這場狩獵是多麼荒謬。而我們不是常常像這樣，一開始就追逐著幻象般的人生嗎？有多少人像雅馬一樣，只是受到本能的驅使，或條件反射般接受主人的號令就衝出去，那麼純然動物性的生命？而獵人則老於世故，遊戲人生一番罷了。

其實，更為滿足更為快樂的，似乎反而是雅馬。一旦韁繩被解開，牠那掠食者的野性就得到完全的縱放、牠日常被拘束的可悲靈魂，只有在這個時刻，得到盡情奔馳的自由。至於獵物捕獲與否，對牠來說，已經無關緊要了。這一切對牠來說，更像是一場遊戲。

至於那獵物，作為命運的象徵，好像將永遠在這遊戲中扮演悲劇的角色，因為牠很少能以遊戲的精神來戲弄上帝。弱者的僥倖，只是強者一時的失手而已。但是就把這一時的僥倖，當作這永恆悲劇中暫時的勝利。那麼，在這場遊戲中，牠反而是真正幸運的人了。

結束了這一場狂飆後，獵人則神情肅穆有如進行著一種儀式，仔細地擦拭著還瀰漫著火藥味的獵槍。在他的內心中沉靜地回味著，彷彿滿足於一種主宰生死的冷酷情緒中。對著光，用一隻眼睛從擦拭得晶亮的槍膛瞄出去，似乎不知道有所謂命運這回事。這個在上帝主宰的戲劇裡扮演著執行者的獵人，好像也不知道有一個真正的主宰的存在。他只依著他的天性做他自己。或許，上帝的歸上帝，凱撒的歸凱撒，這地上的主宰，只能是他這類人。喀嚓一聲，他把槍管扳回原位，端起這把擦得烏亮的雙管獵槍，用一個很酷的射擊姿勢，從準星瞄向前方一個目標。天曉得他心中想著什麼！但是看起來對人生的恩仇和勝負自有一番徹悟和灑脫。

詩人札記（四十一）

詩可道，非常道。

雖然，我瞭解什麼是詩，但是，詩不能為我所道盡。就如那暫棲於樹梢的野鳥，我太熟悉牠的啼唱，但牠總是在頃刻間就突然飛離，不知去向。而遺留下來的，是宇宙一片空茫，彷彿那是詩的絕響。

有人愛上黃鶯如歌的鳴叫，乃囚之以黃金打造的鳥籠，百般寵愛，但求貴妃一笑。日復一日，牠的啼叫亦遂其所願，有如豢養的藝妓，取悅那庸俗的帝王。無意間我亦曾細聽，牠的鳴唱，一樣婉轉高妙，有如音樂廳演唱的名伶，中規亦中矩。但是，有誰知道心中那莫名的惆悵。

而風雲變幻，心事幽邈，騷人多愁，地老天荒。時而低吟，時而高唱。彷彿那名伶，無悲亦無喜，好像唱的是別人，又像是唱自己。曾經繁華，曾經落盡，彷彿在籠中，彷彿在虛空，有誰知道那詩的夢幻。又有誰知道，那詩的牢籠。

詩人札記（四十二）

詩的內在創造就是生命的內在創造。

詩的象徵是心靈內在創造相當奧妙、神祕而複雜的心理運作機轉。它並不是用一個東西來形容或類比另一個東西的「比喻」那麼單純。也不是用一個固定而有共識的符號來代表一個固定而普遍認知其範疇的情感、思想或事物就算是象徵的創造。就詩的內容來說，如果詩人所要象徵表達的，只是一個一般人早已熟知的情感或思想，那麼儘管它用了很美妙的東西來比喻，這件作品的內容和意義，仍然只是那大家早已知道的東西，並沒有創造出新的內容和意義來。他所用的比喻和形容，只能算是一些花俏的裝飾和修辭，不是最高意義的創造。而就創造心理內在的運轉機制來看，這個比喻的心理過程，太過膚淺而粗疏。他使用的這個比喻或符號並沒有被消化，也沒有和他的內在生命產生化學作用而創造出新的內容和意義來。這樣粗糙、單調的心理運作，往往出自作者不自知的自滿、慣性和惰性。也或者出於平庸的心智和無趣的生命。總之是心靈的陳腐和麻木。

詩象徵的內在創造，其實是詩人內在心靈和生命自發性的機轉，而不是可以勉強操作的手法。一個詩的象徵，看似完成於一瞬間，但對詩人來說可能已醞釀了一輩子。這看似靈光一閃的靈感，其實是詩人一輩子經歷、醞釀的全生命，邂逅了那照亮生命的象徵，產生了化學作用，在詩人強大而敏銳的心智下，如此自覺地、清晰地掌握了這個新的意義或境界，藉著全新的、活性的語言從內在融合結晶出一個具有全新意義和內容的獨立存在。它已經不代表詩人，也不是那大家熟知的象徵物，而是詩人的生命和象徵物化合而產生的藝術創造。有它自己獨立的生命了。這和用一個比喻形容另一個東西所產生的作品是不一樣的。

一首好的象徵詩，需要具備三個要素：一是豐富而深刻的生命經驗。二是強大的心智和敏銳的感受力。三是高度活性的內在語言和運作能力。而這些全都有賴於詩人心靈內在的自覺。因為生命的經歷會因高度敏銳的覺察而更加豐富、深刻；心智能力和感受力會因內在清醒的覺醒而更加強大而敏銳；而語言的活化和內在運作機制，更會因心靈內在的觀照自覺而增強其捕捉、穿透、滲透、分解、破壞、擴散、融合、組織、重塑……等等運作力和能量。而因此才能使生命和象徵互相滲透、化合而得以產生全新的創造。

這種象徵的作品，雖然得自詩人的生命經歷，但創造的目標卻不在於個人歷史的記憶，而是以創造出前所未有的存在為目標的。一首象徵詩可能很簡短，意象可能很清晰，但因為它蘊含了詩人全生命的經歷和情結，因此有相當的神祕性和複雜性。其神祕性無關乎詩人的隱私，而是在於人類命運的難測、人性的複雜，以及客觀世界的深邃和浩瀚。這種作品的珍貴之處，就在於表現出這神祕性和複雜性。閱讀這種詩，最好具備和詩人等量齊觀的心智能力和經驗。

以前的詩評家，把波特萊爾的 Correspondences 當作象徵詩的代表作。但是我認為從里爾克的名詩 The Panther 豹、以及 The Swan 天鵝等，更能看出象徵的內再創造的機轉和所表現出來的特性。里爾克詩裡的那隻豹，已經不是動物園鐵籠裡的那隻豹，而是有詩人的靈魂滲透進去的一隻從未有過的豹。詩人並不是在單純地描寫一隻豹。一隻豹也絕不能說出詩中的那些精神層次的感覺。詩人也不是用那隻豹來比喻自己。他是要藉著這隻豹來探觸更深刻更神祕的世界。融合了詩人和豹的生命，它被創造出來以示現一個更神祕、更複雜、更動人的存在。牠已經有自己獨立存在的生命了。而那隻天鵝，也絕不是任何人看見過的或認知的天鵝；也不是里爾克寫過的 Leda 那隻天鵝；更不是波特萊爾寫過的天鵝。牠在陸地上以兩腳笨拙而行，有如人類。直到牠下了水，才展現無比的優雅和莊嚴。詩人的生命在那一刻得到頓悟和昇華。所以這隻天鵝是和詩人生命的頓悟互相滲透而誕生出來的絕無僅有的創造。他不在描寫天鵝也不在形容自己，而是在創造一個超越人類生命的沉重和死亡的宿命悲劇的一個象徵。當這樣的詩被創造出來的時候，詩人的生命也同時得到了昇華。而這也預示了人類生命昇華的可能。對人類精神文明的價值來說，這豈是玩弄文字小聰明的詩所可比擬的。

里爾克比波特萊爾晚五十四年出生。從詩的表現看來，我相信里爾克的象徵乃得自他內在的自覺的天賦，而不是學習象徵主義而得。偉大的傳統有助詩人生命的深厚度。但我相信心靈內在的自覺和機轉的運作，只能向自己的內在學習。

詩不應該只有這種或那種寫法。更不是說所有的詩都應該是象徵的。所謂詩的現代性，和現代藝術的理念相同，在於打破傳統、完成自我創造。不管是甚麼主義，詩人必須深入自己的心靈，從事內在的革命和創造，充分自覺地去增強心智能力和敏銳感受，掌握內在語言的自覺和運作能量，有如象徵詩一般創造出具有獨立存在生命的作品。

詩的內在創造，同時也是生命的內在創造。是生命得以和外在客觀世界互相交融、滲透而得到創造性生命的修煉法門。

要文學04　PG1080

要有光 FIAT LUX　詩人札記

作　　者　陳銘堯
責任編輯　黃姣潔
圖文排版　詹凱倫
封面設計　王嵩賀

出版策劃　要有光
製作發行　秀威資訊科技股份有限公司
114 台北市內湖區瑞光路76巷65號1樓
電話：+886-2-2796-3638　傳真：+886-2-2796-1377
服務信箱：service@showwe.com.tw
http://www.showwe.com.tw
郵政劃撥　19563868　戶名：秀威資訊科技股份有限公司
展售門市　國家書店【松江門市】
104 台北市中山區松江路209號1樓
電話：+886-2-2518-0207　傳真：+886-2-2518-0778
網路訂購　秀威網路書店：http://www.bodbooks.com.tw
國家網路書店：http://www.govbooks.com.tw
法律顧問　毛國樑　律師
總 經 銷　易可數位行銷股份有限公司
地址：231新北市新店區寶橋路235巷6弄3號5樓
電話：+886-2-8911-0825　傳真：+886-2-8911-0801
e-mail：book-info@ecorebooks.com
易可部落格：http://ecorebooks.pixnet.net/blog

出版日期　2013年11月　BOD一版
定　　價　180元

Printed in Taiwan

國家圖書館出版品預行編目

詩人札記 / 陳銘堯作. -- 一版. -- 臺北市 : 要有光,
2013. 11
面； 公分. -- (要文學 ; PG1080)
BOD版
ISBN 978-986-89954-6-8 (平裝)

855 102020408

讀者回函卡

感謝您購買本書，為提升服務品質，請填妥以下資料，將讀者回函卡直接寄回或傳真本公司，收到您的寶貴意見後，我們會收藏記錄及檢討，謝謝！如您需要了解本公司最新出版書目、購書優惠或企劃活動，歡迎您上網查詢或下載相關資料：http:// www.showwe.com.tw

您購買的書名：______________________________

出生日期：________年________月________日

學歷：□高中（含）以下　□大專　□研究所（含）以上

職業：□製造業　□金融業　□資訊業　□軍警　□傳播業　□自由業

□服務業　□公務員　□教職　□學生　□家管　□其它_____

購書地點：□網路書店　□實體書店　□書展　□郵購　□贈閱　□其他

您從何得知本書的消息？

□網路書店　□實體書店　□網路搜尋　□電子報　□書訊　□雜誌

□傳播媒體　□親友推薦　□網站推薦　□部落格　□其他__________

您對本書的評價：（請填代號　1.非常滿意　2.滿意　3.尚可　4.再改進）

封面設計____　版面編排____　內容____　文／譯筆____　價格____

讀完書後您覺得：

□很有收穫　□有收穫　□收穫不多　□沒收穫

對我們的建議：______________________________

____

____

____

請貼
郵票

11466
台北市內湖區瑞光路 76 巷 65 號 1 樓

秀威資訊科技股份有限公司　　　收

BOD 數位出版事業部

（請沿線對折寄回，謝謝！）

姓　　名：＿＿＿＿＿＿＿＿　年齡：＿＿＿＿　性別：□女　□男

郵遞區號：□□□□□

地　　址：＿＿＿＿＿＿＿＿＿＿＿＿＿＿＿＿＿＿

聯絡電話：(日)＿＿＿＿＿＿＿＿(夜)＿＿＿＿＿＿＿＿

E-mail：＿＿＿＿＿＿＿＿＿＿＿＿＿＿＿＿＿＿